十九歳の地図

中上健次

河出書房新社

目次

十九歳の地図

一番はじめの出来事

山

僕は口で息をしながら道を頂上にむかってのぼり、途中硬い緑の葉をもつ茶の枝をつかんでうしろをふりかえった。秀《しゅう》が僕をみて笑いかける。僕は呼吸のくるしさに、手のなかで茶の枝の突起がつくる違和感を意識したまま立ちどまった。秀が僕のそばにきて、汗のつぶのくっついた顔を僕に近づけて息を吐き、ポケットからジャックナイフをとりだした。つぶすと青いインクのような汁をだす実をつけた木の枝を、秀が切りとるのを僕はみていた。風が頂上のほうからふいてくる。緑色のすすきが葉をひからせながら風に呼応して一斉にうごめき、山全体が歌をうたいだしたように騒々しく音をたてた。僕は秀の顔をみ、遠くのサイレンの森につきたっている赤茶色のサイレン塔をみ、そして山のすぐ下のおおどぶにそって建てられてある朝鮮部落のブタ小屋を眼をほそめてにらんだ。太陽を二つぐらいあわせたみたいにブタ小屋のトタン屋根はまぶしい光をまきちらしている。僕は額にできた汗のつぶを手の甲でぬぐって、下のほうから臭い豚のにおいがしてこないか点検するみたいに強く息を吸った。

「チョーセン、チョーセン、パカニスルナ」

秀が僕にむかって笑いかけ、切りとった木の枝を下のブタ小屋にむかって槍《やり》のように投げた。僕は秀の白い上衣にくっついている土と緑色の草の汁をみながら、あまりおおきくない声で朝鮮人らをからかう言葉を歌のようにうたい、そして白河君が怒る顔を想像した。秀は白河君と喧嘩《けんか》してから、いつも朝鮮人らの話になると、パカニスルナと言って口まねをするのだった。

山の頂上の太い杉の木がうえられてある場所に、僕と秀はいそいだ。僕はすすきの葉のかぶさった道に誰かがかくしていった木刀を発見してひろい、すぐズボンや上衣の生地にひっかかろうとする茨《いばら》をそれでたたいて払いのけながら歩いた。こいつらは生きものみたいだ。まるで犬のようにじゃれついて、僕が歩くのを邪魔する。僕は抑《よく》揚《よう》のさだまらない口笛をふき、リズムをとるように茨やあけびのつたのからまりついた柿の木をたたき、秀にむかって笑った。

「こいつらはダンスするみたいに揺れとる」

僕はあけびのつるがおおいかぶさっている柿の枝を木刀でたたきながら、秀の顔をみた。幹が胴体で、根が足で、枝が腕で、小枝が手で、葉っぱが指みたいだ。秀は僕の言葉がわからなかったらしく黙ったまま柿の木の頭のほうをみあげて、「白河も鉄もまだ来てない」と言った。「あいつらは五時間目の休み時間に女ときゃあきゃあ騒いどった。あいつらは女形《おんながた》よ」

秀は柿の木の頭が光を受けているのを眼をほそめてみつめ、「女形《おんながた》らめ」と言っておんなとばかり遊んでいる白河君たちを再びなじった。秀が今日機嫌が悪いのは、僕たちの組の先生にしかられたからだろうと思っていた。それは僕のせいなのだ。五時間で授業が終るということで、僕は仲間たちと裏山で遊べるのが楽しみだったから、退屈な先生の話をきいていられなかった。僕は窓際に坐っているので、運動場に入れたばかりの赤土の形をみて、いろいろな動物を想像していた。赤い象のようにもみえるし、赤いライオンのようにもみえる。僕は、そして、突然教室中にひびきわたるような声をだして、「馬が走っとる!」とどなったのだ。みんな僕の声におどろいて、わあ、と言って声をだし、窓際に駆け寄った。でも赤い馬は、僕にはみえても、他のやつらにはみえない。みんなはたちまち興奮を萎《な》えさせて、口ぐちに僕に不満の言葉を吐いた。谷田先生は僕の顔をじっとみつめ、「今日は六時間めは休みなのですから、もっとしんぼうせなあきません」と言って笑った。それから約十分ほど経ったあと、僕の三つ前に坐っている秀が、「戦車や! 戦車がきた!」と僕の時より二倍くらいおおきな声をだして叫んだのだ。秀は顔を赭《あか》くふくれあがらせてものすごく怒った谷田先生にものさしで殴られ、「そんなことを言って人をおどかす子は、運動場で五時間めが終るまで戦車のそばに立っときなさい」としかられたのだった。

「秀」

僕は柿の葉やあけびの葉どもにまといついている光を、ふるいおとそうとするみたいに木刀で枝をたたきながら、秀を呼んだ。「おまえに赤土、戦車にみえたんか？」

「赤土？」

秀は僕の質問の意味がわからなかったらしく訊《き》き返し、不意に黙りこんで僕たちの作業場のほうに歩いていく。僕も歩いた。風が足もとの草をななめにかしがせながら、いきおいよく僕たちの脇を通過して、下のほうに走っていく。僕は、秀の歩くときの癖になってしまっている兵隊のように腕を左右にふる歩きかたをまねて、まだ変に不機嫌な秀に笑われてしまった。

僕と秀は作業場の草むらの上にねころび、僕たちの〈秘密〉をつくるためにたくわえてある生木の丸太や竹や大量の杉の枝をみつめた。緑色の杉の枝が放つにおいをかぎながら、僕はまるで山羊《やぎ》のようにすすきの葉を噛《か》み、舌でなぶっていた。

あおむけになってねころび、空から落ちてくる光を耳たぶや胸や腹や脚にうけ、体の奥のほうからわきあがってくるけだるさを感じとめた。また風がふいてきて、草むらを波だたせて僕の体の上を通過する。すすきの葉や茨のやわらかい茎が身をよじって、ちかちかひかる光を作業場にばらまいているのを感じながら、僕はけだるさに体をまかせきり、眼をとじた。突然、僕の眼に、赤や黄色の光がとびはねてまわる闇があらわれる。

「康二、蛇島の輪三郎をみにゆかんか？　あいつは嫁さんもろた言うとった」

秀が僕の横にきて顔をのぞきこみ、それから草がくっついている髪をかきむしった。僕は黙ったまま空をみつめていた。まるでみつめつづけていると眩暈《めまい》がするみたいに遠い空だ。秀が立ちあがって、竹のちいさな小枝をジャックナイフで切りとろうとするのを僕は眼でおい、怠惰《たいだ》な犬になったみたいに頭のあたりの地面からにおってくる土と草のにおいをかいだ。秀は右手ににぎったジャックナイフで、竹の棒の先を鋭くななめに切断する。

「輪三郎が追いかけてきたら、これで眼を突きさしたる」

秀は起きあがった僕に、小枝を切りはらった竹の棒をみせた。僕は体にひろがったけだるさを感じとめたままみつめながら、「嘘つき」と思った。輪三郎に追いかけられたら、一番最初に泣き顔をつくって逃げだすくせに。この前のときもそうだった。蛇島の一番端にある輪三郎の小屋に、僕らが石をなげたとき、秀はおおきな叫び声をだしてとびだしてきた輪三郎をみると、びっくりして、せっかく〈秘密〉のために集めてきた杉の枝をほうり投げて逃げだしたのだ。秀は僕と白河君と鉄の計画をおくらせた。

秀は竹の槍をふりまわしてぐみの木にまきついているあけびのつたをたたき、まるでみえない輪三郎の眼を突きさしてやるというふうに高い笑い声をたてた。僕はズボンのポケットにはいっている白河君にもらったこどものイノシシの歯を、全力疾走で輪三郎の追跡をのがれても落とすことのないように、僕の箱に入れた。ナイフ、水中メガネ、魚を突きさすもり、タイヤのチューブに使うゴムを切りとったもの、そして山のそばの人轢《ひとひ》きの鉄橋でレールに釘《くぎ》をおいて僕がつくったぺしゃんこになった手裏《しゅり》剣《けん》、まるで僕の果敢《かかん》さと男らしい趣味を如実に示している宝の箱だ。この褐色《かっしょく》になってすべすべしているこどものイノシシの歯は、朝鮮部落の荒くれ男が山奥の飯場で働いている時しとめたものだ、と言って白河君が僕にくれたのだった。

秀は僕がこどものイノシシの歯を宝の箱にいれるのをみて、僕の趣味を笑うように「俺やったら象ぐらい簡単にしとめれる」と大袈裟《おおげさ》に言い、竹の槍をインディアンのようにかまえて声をあげ、蛇島の方向にむけてほうり投げた。竹の槍は不様に横になって作業場の下のほうの杉の幹にあたり、草むらの中におちる。これでは象一頭しとめるどころか、輪三郎の眼を突きさすことも困難だ。

僕はポケットの中につめこめるだけたくさん石をつめ、秀といっしょに、輪三郎に豆くわせ、という単調な歌をうたいながら、蛇島にむかった。いつも僕たちがこの歌をうたうと、輪三郎は猛烈に怒りだし、「ガキらあ、頭から食たろかあ」と小屋の中からどなる。僕らが小屋にむかって石を投げてからかいはじめると、輪三郎は本当に僕たちを食べるつもりなのか、包丁をもって裸足のまま飛びだしてきたりする。僕たちはそんな輪三郎の機嫌の悪い時は、ただつかまって食われないように一目散に逃げるだけだ。

一度、鉄が輪三郎につかまって食べられかかったことがある。鉄のはなしによると輪三郎は小屋の中の神さまを飾ってある棚にむかっておじぎをして、「てんのうへいかさま、今日はひさかたぶりに子供を一匹ささげます。おたべになったのこりかす、腹でも尻でも脚でも良いですから、わけて下さい」と祈ったらしい。輪三郎はそしておおきな包丁をとぎはじめた。ところが、うまい具合に、鉄をしばっていた荒縄《あらなわ》が体をうごかすと切れたのだ。鉄は鼻歌をうたって包丁をとぎつづけている輪三郎にきづかれないように、用心ぶかく立ちあがり、小屋を脱出してめちゃくちゃに駆けた。

僕と秀は蛇島にむかってつづく草むらの道を、竹の槍と木刀でそれぞれ殴りながら歩いた。蛇島は山の先端にあり、ちょうど竹中の川にその部分だけ蛇の頭のような形をしてつきだしているのだが、そこに行くまでの間にほんものの蛇に出あうことを僕は恐れていた。僕はそれを白河君のように無神経につかむこともできないし、酔っぱらった兄が僕の気味悪がる表情をおもしろいと言って、山で小便をしている少女の女陰や肛門に蛇がはいりこんだ、という話をする気持も理解できない。僕は蛇が嫌いだ。

僕は石でふくらんでいるズボンの左右のポケットを脚に感じとめながら、蛇が草むらからはいだしてきたりしたら、木刀で殴り殺してやる、と思っていた。

「輪三郎に豆くわせ」と秀がどなり、小屋にむけて石を投げた。僕は秀の声にあわせて輪三郎をからかう言葉をどなって、石をなげ、小屋の中の輪三郎の反応を待った。草いきれが鼻につく。僕と秀はふたたび、たぶん眠りこんででもいるんだろう輪三郎の怒りをめざめさせ興奮させようとして、石を投げ、インディアンの雄叫《おたけ》びのまねをした。静かなままだ。風がふいてくる。僕と秀の衣服をはためかせ、山全体をうごめかせ騒々しい音をたてさせる。小屋のそばに立っているせんだんの大木が、ちいさな葉を一斉にひらひらふるわせて僕と秀を嘲《あざけ》っている。葉裏を白くひからせて、せんだんの木は僕たちをからかう。僕はまるで山全体が一斉に哄笑《こうしょう》をはじめたように、葉ずれの音や草どものなびく音の渦の中に立ち、ただ光につつまれている輪三郎の小屋をみつめていた。いったい何があるのだろうか？

僕は秀に合図して、たぶん眠りこんででもいる輪三郎の小屋を探険してみることにした。僕は体の奥のほうからわきあがって喉《のど》もとをしめつける興奮に息苦しくなったまま、足音をひそめて小屋のそばに近づいた。僕が小屋の戸をあけようとすると、秀が喉の奥で圧《お》しつぶした声をだし、僕の手をにぎった。小屋の戸をあける。僕は、瞬間、小屋の中いっぱいにはりめぐらされた、旗を、みた。運動会のときやクリスマスのときに教室に飾るさまざまな国のさまざまな色をした万国旗と、日の丸が、小屋中にあふれている。そして、僕はみた。

　輪三郎が僕たちに気づいてどなり声をあげるのと同時に、僕は外にとびだし、僕たちの作業場にむかって懸命に駆けた。輪三郎が素裸のまま僕を追いかけてきて、僕を食べてしまうことを恐れた。風が僕の耳の中で音をたて衣服をふくらませ、走りにくくさせた。あいつはなにをやっていたのだろうか？　気違い輪三郎は女を食おうとしていたのだろうか？　胸が苦しい。

　僕は素裸の輪三郎のまわりにあったさまざまな色をもつ万国旗と日の丸の旗を思いだし、輪三郎は神さまに女をいけにえにしてささげようとしていたのだろうか？　と思った。

「どしたんな？」秀は後から僕にやっと追いつき、呼吸の苦しさに体をふるわせながら訊ねた。僕は黙ったまま歩いた。

「何しとった、輪三郎は？」

「嫁さんを食べてたかもしれん、あの気違い輪三郎！」

〈秘密〉

その〈秘密〉の計画は、僕たちが輪三郎の住んでいる小屋から子供特有の想像力を展開させてつくりあげたものだと言える。でも子供とはいったいなんなのだろうか? 僕が兄の言いつけを忠実にはたさなかったり、兄と喧嘩をして「酔っぱらいめ!」とどなると、母はいつでも「子供は言うことをきかなあかんが」と口ぐせのように言う。

僕は最初、仲間に、兄がたてた家のことも、計画の進行を促す刺激剤として話してやった。いまからは想像できないほど利巧《りこう》で才気煥発《さいきかんぱつ》の子だった兄は、終戦直後、焼夷弾《しょういだん》で焼けてしまった家を、街の不良分子をあつめて陣頭指揮をとり、ほんものの大工までやとって、新しく建てなおしたらしい。父が戦争から帰ってすぐ死んでしまったので、兄は母と蛙《ビキ》のように泣いてばかりいる姉と赤ん坊である僕のために、一族の長《おさ》としてたちまち新しい家を建てた。その家はもう跡かたもなくなっているが、幼い兄が建てた家のことを想像すると、僕は変に興奮してくるのだ。どこの家よりも立派なものをつくろうと、たぶん兄は釘の一本一本にまで気を配ったに違いない。

僕たちは、その〈秘密〉を築くための材料あつめに熱中した。僕たちの計画では、できあがった〈秘密〉は、輪三郎の小屋など問題にならないくらい堂々として、サイレンの森のサイレン塔よりもはるかに高く山の頂上にそびえるはずだった。僕たちだけの一番高くて堂々とした〈秘密〉！　僕は杉の青い枝でつくった壁と、雨よけのために光を乱反射させるブリキ板を屋根においた〈秘密〉を想像するだけで、胸が苦しくなり体中にうろこを生やしたような錯覚におちいる。

僕は鉄と白河君と三人で大看板のそばへ行き、杉や硬い葉をもつ椿《つばき》の枝やびしゃこの枝を折って荒縄で束にした。僕は杉の太い幹にのぼり、手のひらにべたべたくっついてくる樹液と幹の荒っぽい凹凸を感じとめたまま、右手で小枝をむしっていた。僕が体を動かすたびに杉は揺れ、枝の先が乱暴な行為に耐えかねるようにふるえる。僕は荒い息を吐き、山のすぐそばにある竹中の川と、川口のそばに置いてある砂利取り機のすぐうしろに、緑色にひかっている海をみつめた。魚船も貨物船もみえない。死んでしまっているように青っぽく緑色にひかっている。僕は母が話してくれた大洪水のはなしを思いだし、不意にやわらかい恐怖を体の奥のほうにわきあがらせた。あのおとなしい海が気を狂わせて襲ってきたら、三方を山と川にとりかこまれた逃げ道のないこの街は、たちまちのうちに嚙み裂かれ、のみこまれてしまう。

僕は椿の枝をむしりとっている白河君や鉄に、僕が感じているちいさな恐怖の芽を悟られることを拒むみたいに、杉の枝をおおきく揺すり、叫ぶように笑ってみた。僕は白河君が僕の顔をみつめているのを感じ、奇妙なはずかしさで体をいっぱいにして、チョーセン、チョーセン、パカニスルナ、とからかってやろうか？　と思った。たぶん白河君は怒って、白河君がいつも喧嘩する時に使うためにもっている竹刀《しない》のつばで、僕の頭やら顔やらを殴りつけてくるだろう。だが、僕は、杉の木の上から白河君にむかって優しい笑いを顔につくり、「ほれ、虹がみえる」と嘘を言った。

白河君と鉄は僕の言葉を信用して、僕の指がさし示しているあたりの空をあおいで虹をさがす。

「は、嘘つき康二め」

「ほんとうに見える、この杉の木のうえからやったら人轢きの鉄橋のほうに虹がみえるど」

僕はまるでほんとうに見える虹を白河君たちに教えるように、嘘を言った。白河君は僕が弁解しているのを笑ってから、ポケットにいれていた青いぐみの実を僕に投げつける。僕はサイレンの森の頭につきでてみえる赤茶色のサイレン塔をみつめた。それから僕自身の体に巣喰《すく》っている息苦しさを喉から逃がすように口でおおきく息をして、洪水がきたらここへ逃げてこようと思った。〈秘密〉をあのサイレン塔より高くすれば、僕もそれから仲間も僕の母も兄も姉も生きのびれるはずだ。

僕たちは三人とも衣服に葉の汁や樹液や草の穂をくっつけながら、〈秘密〉の壁の材料となる常緑樹の木の枝の束を背おい、黙りこんだまま作業場にむかった。こうして僕たちは徐々に〈秘密〉をつくりあげてゆく。茨が僕のズボンの生地に棘《とげ》をたてて、すぐ僕たちと戯れようとする。首の皮膚に、かついだ杉の葉がちくちくする痛みを歩くリズムにあわせてつくるので、束を三重にまいていた荒縄を二重にし、余分な部分をひもにしてひきずって運ぶことにした。

「そりみたいにひこずっとる」

白河君が笑いながら僕に言い、僕のまねをした。サイレンの森のほうの空があかるくひかりはじめている。夜が近くに来ているらしく、僕たち三人ともまるで鱗粉《りんぷん》をくっつけたようにひかった。

家

作業場で〈秘密〉をつくる材料の整理に熱中していたので僕は夕飯の時刻に遅れてしまい、母にしかられてしまった。母は僕の半袖の上着をはぎとり、杉の木にのぼったためについた樹液を僕にみせて「猿ほども智恵のとろい子や、もう五年生にもなっといて」と言った。

花模様の服を着ている姉の顔が電球のひかりで白っぽくみえるので、またあのヒロポン中毒と遊びに行くのだろうか？　と思った。ヒロポン中毒は鉄の話によると一年ぐらい前、まっ裸になって屋根の上を、「俺は飛行機やあ」と言って跳んでまわり、街の人につかまって素裸のまま荒縄でしばられて水をぶっかけられたらしい。あいつは昼間、僕に出あっても知らん顔をしているくせに、夜になると僕たちの家のそばに来て、鋭い口笛を吹いて姉を呼びだそうとする。雨のふる日にはあいつは仕事ができないので、パチンコ屋に行って店員をしている姉に、玉をもっと出せとガラス戸をたたくそうだ。姉が「みつかるとやめさせられるさか」と言って拒むと、「智恵あるう鳥は人目しのんで玉を出あす」とわざとらしくうたう。なぜ姉がヒロポン中毒なんかとつきあったりするのか、僕にはわからない。僕は母の顔をみ、そしていつも酔うとヒロポン中毒の悪口を姉に言って、どなるように流行歌をうたう兄の顔を思いだした。僕は母に石鹼《せっけん》をつけてもらって指を洗われながら、まるで子供みたいだと思っていた。

「兄やんはヒロポンの悪口言っとったど、あいつはいまでもちょっと天気が悪なるとボケてくるいうて。あのヒロポンのやつはね、僕が模型飛行機つくっとったら、もうすぐ戦争やなあと僕に言うん」

「もうすぐ戦争？」

「僕らが模型飛行機らに熱中するというのは、戦争が近いうちにある証拠や言うん」

僕は姉にヒロポン中毒の言葉を教え、それから母がつくってくれた食事をいそいで食べはじめていた。僕は魚も野菜も嫌いだ。僕が好きなのは牛や豚や鳥の肉であり、口の周囲がぬらぬらしてひかるほどたっぷりバターをつけたパンであり、馬鈴薯《ばれいしょ》だ。去年、僕たち四人家族、母と姉と僕と父が一年かかっても食べきれないほどの馬鈴薯を畑で収穫したので、僕は食事に不自由しないことになった。

「ヒロポンは偉い評論家よ、言うて、兄やんが笑っとった。あいつはボケたら原爆の落しあいの戦争のことをばっかし言う、兄やんは、そんなヒロポンにほれるのは、よっぽどの馬鹿や言うとった」

「ふん、自分もヒロポン中毒やったくせに、あの飲み助！　いっつも母やんに、俺は父やんを殺したったんや、とボケて言うとったくせに。母やんは、いくらなんでも十七にしかならんボケた兄やんらを、ほんとうの父やんらにできたかよ、ねえ」姉は母にむかって相槌《あいづち》を求め笑い声をたてた。それから僕の頭を指でつつき、化粧のにおいのする顔を僕の耳に近づけて低いくすぐったい声で言った。「兄やんといっしょにわたしらの悪口ばかり言うとったら、来年の春に大阪へ連れたる約束は知らんよ。大阪には電車も走っとるし、小鳥屋にまっ白い鳩《はと》も売っとるんやで」

僕は姉の顔をみつめたまま食事をやめ、興奮に喉もとを塞がれたように息苦しかった。電車、僕はそれを見たことがない。汽車なら祖母が死んだ時、古座《こざ》まで乗って出かけたことがある。小学校一年生のころ、僕と姉は新しい運動靴を買ってもらい、汽車に乗りこんだのだが、煙が鼻腔《びこう》に入りこみ、焼いた石炭のにおいと床にひいたオイルのにおいで僕はしたたかに酔ってしまった。僕の苦しんでいる格好がおもしろいと言って笑いたてた姉も、涙ぐんでいた母も、死んだ祖母も、汽車も消えてしまえ！と思ったことがある。電車はどんな具合になっているのだろうか？

僕は群青色の空をみあげ、それから＊＊康二と僕自身の名前を口にだしてみ、なぜ僕と兄の名は母の兄つまり僕の伯父たちの名前に似ているのだろうか？　と考えた。僕は濃い青の空と黒ぐろと浮かびあがっている僕たちの山と、焼け死んだ牛の幽霊がでるという、牛小屋の横の竹が密生した闇に脅迫されて不安になったまま、兄の家にむかった。＊＊康一、＊＊康二は、△△康一郎、△△康次郎のものまねだ。新宮の＊＊康二、和歌山県の新宮の＊＊康二、それから日本の和歌山県の新宮の＊＊康二、太陽系地球日本国和歌山県新宮の＊＊康二、ずっと言っていくと僕はわからなくなる。僕は駆け足のように速く歩きながら不安に襲われて、鋭い聴覚をもったシェパードのように耳をすませる。

牛小屋の火事で焼け死んだ母牛や仔牛は、わらや壁に燃え移った黄色と赤色に輝く炎におびえ、皮膚をちりちりとこがす痛みと煙の苦しさに、唾液《だえき》のような涙を眼ににじませて、救《たす》けをもとめて鳴くのだ。牛の幽霊は、この暗くてところどころ水たまりのあいた山のそばの道を歩く人間に、風そのもののようにうめき声を伝えてくる。新宮、和歌山県、日本、アジア、地球、太陽系、銀河系、そのむこうはなんだろうか？谷田先生は銀河系の中にはまだたくさんの太陽があり、それらを中心にした地球がたくさんあると言った。そこに僕とそっくりおなじことを考え、不安がっている男の子がいて、いまこの瞬間に光みたいに速い言葉を僕にむかって送ってよこしたとしても、太陽系地球アジア日本和歌山県新宮のこの場所を歩いている＊＊康二には簡単にとどかない。＊＊康二もその男の子●●も、光が何百万光年もかかってのろのろとやぶれ穴のような空間をとんでいる間に、若い衆《し》になって子供をはらませ、死んでしまい、皮膚や内臓や眼玉を虫どもに喰《く》いちぎられてしまい、骨だけになって、＊＊康二の子供のそのまた子供の、限りなく分裂してゆく一族の末裔《まつえい》に、やっと光の言葉はとどく。

＊＊康二さんやっとめぐりあいました空はうんとひろいですね僕たちはまるで不安やわけのわからない混乱の中で生活をして年をとっているようなものですねああ不満だ＊＊康二さん僕が宇宙そのものだったらどれほどいいかと思うんだつまり僕も君もいっしょになっちゃうんだああでも僕は僕だすぐ返信して下さい

ヒトデ状太陽系ザリガニ星●●より

僕はそのヒトデ状太陽を中心として円周運動をしているザリガニ星の●●という男の子の言葉を想像し、そして不意に眼の前の闇を音たてて走りすぎてゆく風を感じとめた。僕はヒロポン中毒が姉を呼びだす時のまねをして、鋭い口笛を吹いてみようとした。だが音はでない。ふたたび風が僕の耳たぶや首すじに、ぬくい息のような湿った草のにおいをふくんでふきつけてくる。僕はどなろうと思った。だが、黙りこんでいる山や草むらや空を前にして、僕は声をあげることもできずに、ただ足を速めるだけだ。

兄はまるで全体が鶏舎のようになってしまっている家の中で、明日の朝、鶏どもに食べさせるために大根の葉を刻んでいた。鋭いトパアズの裸電球が、部屋中におかれた鶏の入れ物を均等に照らしだすように何本もぶらさげられているため、すっかりあかるくなっている。兄は畳《たたみ》の上に傷のいっぱいついたまな板を置き、かたわらに大根の葉をつみ重ねて順序よくこまかく刻んでゆく。暗い外からはいってきた僕には眩《まぶ》しすぎた。指で眼をこすっていると、兄は僕の顔をみて笑いかけて、「母やんはなにやっとった？」と訊ね、それから僕にあがって大根の葉を刻む仕事を手伝えと言う。
「明日の朝、たまごを市場にもっていかんならんのでおまえにも手伝ってもらわんならん。康二、母やんとこに嘘の父やんが来とったか？」

兄は刻んだ菜っぱをおおきなかごの中にいれ、裸電球のひかりがつくりだす綿毛のまといついた顔をみせて、僕をみつめた。嘘の父やん、兄はいつも父のことをそう呼ぶ。僕は兄の言葉に答えずに大根の葉をもってかごのそばにゆき、眼のふちを切って赤ちんをつけられている白色レグホンに葉をつきだし、つつかせてやった。まるで兄の家は、鶏ばかりをあつめた動物園のようになってしまっている。白色レグホンは僕の手の葉を臆病につつき、畳の上にそれを落してしまった。鶏のにおいと、兄の包丁で大根の葉が切られて流す血のような汗のにおいと、兄の飲んだ酒のにおいに家中がうずめつくされてしまっている。

「それから明日、兄やんと市田川のほうへいってバッテリで鮒《ふな》やウナギをとりにいかんか？」

「バッテリいうて電気のバッテリ？」

「ああ、電気のバッテリ、穴のそばにハサミをいれて電気を流したら、あいつらはすぐ眩暈して白い腹をみせる。ウナギでも鮒でもナマズでも簡単にとれるど。水の上にすぐ眩暈して気絶して浮かんでくるんやよ」

僕は兄の言葉をききながら、秀や白河君や鉄と約束した山学校のことを思いだしていた。山学校、つまり僕たちの山で、学校にいかずに遊んで、授業が終るころまでに一日中先生の注意をすなおにきいて勉強していたように家へ帰るのだ。僕は今学期になって三回ほど山学校したが、まだ母にも先生にもみつかってはいない。

「昼からいくん?」

「いや、十時ごろから弁当持ちでいくんやよ」

「そうやけど、僕は明日、土曜日やけど学校へいかんならん」僕は嘘を言った。

「は、そうか、康二は母やんの話によると、兄やんみたいにあかもん大学に入るように勉強しとる言いやったな」

兄は僕をからかった。兄はあかもん、赤い門の大学にはいったと言うのだ。「あかもん」がはいる赤い門の大学とは、赤いレンガづくりの刑務所のことであり、決して普通勉強のできる「えらいもん」がはいる大学のことではないというのを、僕は知っていた。ヒロポン中毒も兄も敗戦直後、このあかもん大学の優秀な卒業生であったらしい。兄は休みなく大根の葉をこまかく刻んでいる。葉の緑色の汁が、まないたにしみになってこびりついている。僕は兄の顔をみながら、闘鶏場の田中さんの家に連れていってくれるのなら、明日仲間たちと約束した山学校を休んでも良いと思っていた。兄は立ちあがり、鶏どもの餌《えさ》になる菜っぱをいれたかごを持って、それを土間におろし、「白河君らが来とったよ」と言った。「白河君の妹の、イングとかポスナとかいう子も来て、おまえのことを言っとった」

兄はポスナのことをからかっているのだ。僕は竹べらで鶏どもの口ばしを触って、機嫌を悪くした鶏にそれをつつかせ、土間も食事をする板間にも畳の上にも置いてある鶏の入れ物の数をかぞえた。合計二百羽ぐらいだろうか、よくもこんな家で寝泊りできるものだ。たとえば朝、一斉にちいさな声をたてながら鶏どもが竹を割ってゆわえつけた餌箱に口ばしをぶっつけて餌を食べだしたら、兄はもうその音で眠ることはできないだろう。

「みんなで何言うた?」

兄は僕の顔をみて笑い、子供っぽく訊ねる僕の額を大根の葉の汁がくっついた手でつつき、それから鶏の鳴き声のまねをした。白河君とポスナはなぜ兄の家へきたのだろうか?　と思っていた。ポスナは白河君にあのことをはなしてしまい、二人そろってそれを兄に密告して、僕をこらしめさせようとしたのだろうか?　僕は昨日、竹中の廃船の横でしゃがみこんで小便をしているポスナを、怒りとばしてやったのだ。実際、ポスナは、No.2と英語で書いてある船べりにむかって、わざとらしく勢いよく小便をしていた。僕たちがその半分陸に乗りあげ半分川にひたっている白塗りの廃船を、バグダッド号と名づけて、海賊ごっこをしていることを知っているはずなのに、まるで僕ら海賊どもに挑戦するように堂々と性器をみせて小便をしていたのだ。僕がどなってやると、ポスナはびっくりして立ちあがり、パンツを小便でぬらし、おおきな声をあげて泣きはじめる。僕はポスナの下腹のすべすべした裂目のような性器をみ、優しい声でポスナをなだめて濡れたパンツをぬがしてやった。そして僕はポスナの下腹の裂目に指をつっこんでみた。ポスナは僕にむかって涙でひかる顔をみせながら「言わへんよ、黙っとくんよ」と言ったのだった。

「白河君らは何言っとった？」

僕は兄の顔をみあげ、裸電球の鋭いひかりをまともにうけて眼をほそめた。たぶん僕の顔も髪も、兄からみれば黄色いひかりの粉をまといつけているようにみえるだろう。兄は黙ったまま僕の質問に答えず、鶏の鳴きまねをくり返しながら餌をやっていた。僕は不安に体をつつまれて兄の顔をみつめ、息をすいこんでからおおきな声で、「ポスナらは好かん」と言ってやった。

「あいつらはくさいにおいのする魚のひものを、ガアムみたいにいつでも噛んどる」

兄は僕の言葉を聴くと笑い声をあげ、「そうか、康二はポスナが嫌いか」と言った。「兄やんはポスナを好きやど。ポスナはこのまえ兄やんがキッスしてくれと言うたら、アメリカ人みたいにキッスしてくれた。白河君らは鶏の毛をむしるのをおもしろい言うてみにきとったんよ」

兄はそう言い、僕に鶏が生んだたまごをとってくれ、まるで僕のしたことも考えていたこともすべてわかっていたように、少女雑誌の女の子の写真を切り抜いてはってある自分の部屋にはいり、「眠たかったらねてもええど」と言った。兄はギターをとりだして僕にわたし、まるでひとりごとを言うように、「あのポスナちゃんは可愛らしい子よ」と言った。僕は輪三郎の小屋のようになっている兄の家に泊るということに、半分いやで半分楽しい気がしていた。兄はまた僕たちの山を牧場にして、三頭のおおきな牛を飼育したという、昔の、夢のようなはなしをしてくれるだろうか？　兄は僕がまだうんと子供のころ、山の持主に無断で牛を飼い、時々大浜から砂利を牛車にして運んだ。

「兄やんはこのごろ酒ばっかりのんどるさか、時々電波でね、大魔王から指令がくるようになったん」

「大魔王？」

「ああ海に住む魔術師や。おまえら人間はほんまに信用できんから、ほんとうのことはなかなか言えん。おまえらの一統はみんな裏切者や言うん。母やんもそれからミチコも康二もいまに罰をあてたる言うん。兄やんは、それがつろて、いっつもみんなのためにみのがしたってくれとたのむんやだ」

兄は上着をぬいでアンダーシャツになり、僕の体を持ちあげるようにして敷きっぱなしの布団の上に坐らせ、ギターを僕からとりあげてひきだした。僕は兄の顔と、大根の葉の汁と鶏のにおいのする体をみながら、その大魔王の姿を思いうかべていた。いつでも人のやらないことを言ったりしたりする兄の、新しく信仰しはじめた神さまのことだろうか？　僕は二つの眼玉だけになってしまったように、ぶきっちょにつまずきながら流行歌のメロディーだけをひいている兄をみていた。不安がまるで汗のようにに体のいたるところの皮膚からにじみはじめている。壁にはってあるオカッパ頭の少女の笑い顔が僕をみている。二百羽あまりの鶏のもつ四百幾つかの、裏切り者を糾弾する眼。でも大魔王はなんで僕たちを裏切り者だと言っているのだろうか？　僕にはわからない。

「兄やん、いつ大浜の田中さんとこから仔犬もろてきてくれる？」

「うん、あの犬か」兄は僕の質問に曖昧《あいまい》な返事をして歌をうたうのをやめ、それからわざと話をそらすように、「バッテリで眩暈して気絶しとる魚やウナギをつかまえるのはおもしろいど」と言い、曖昧な笑いをつくった。

「考えてみたら兄やんらも、眩暈して水の上に浮びあがっとる鮒みたいなもんやだ」

川

僕はやはり山学校をした。夏にはいりかけの五月の光は、まるで僕たちがいつまでも眠りの中にいるようにけだるくさせる。僕は白河君が手の中にいれてもってきた雀《すずめ》の子をみながら、教科書のつまったかばんを枕にして作業場に寝ころんでいた。すぐ昼になってしまうのだろう、と僕は思った。僕たちがこうやって〈秘密〉づくりもはじめないで、光に撃たれたように体を草むらの上によこたえていると、そのうちサイレンの森のサイレン塔から昼をつげる合図が鳴りはじめる。僕らはいつも眠っているみたいなものだ。僕は頭をおこし、そして輪三郎の小屋のある蛇島のほうの木々のしげみをみながら、ちいさな欠伸《あくび》をした。

「輪三郎の家の中に、旗がいっぱい飾っとった」

「あいつはいつも神倉山のてんのうへいかさまに、朝になると祈っとる。気違い輪三郎は戦争に負けてから蛇島に住んどる、言うらしい」

鉄は僕にむかってそう言い、白河君の手のなかにおさまり鳴き声だけを騒々しくたてている雀を指でつついた。白河君は雀を草むらの上に置く。まだ空にむかってとびたつこともしらないらしい雀は、草の上で体をふらつかせながら立って鳴いた。秀は僕の顔のそばに頭をこすりつけて雀をみおろし、熱い息のまじった声で「ああ鳴いとる」と言い、雀の頭を雑草の緑色の茎でさわった。

「どこでつかまえたん？」

「竹中へいくほうの家の屋根でひとりでこいつは遊んどった。親がきてね、チュンチユン鳴くんやだ」

「どういう具合にしてつかまえたん？」

「猫みたいにうしろからそっと行ってね、ぱっと手でおさえたんやよ」

僕はみんなのようにあまり雀には興味をもたなかった。雀なんかだったら、兄に頼んでいつでもとってきて飼うことはできる。僕はあおむけになって秀の髪をみ、そしておおきく弧を描いている空と走ってゆく白くひかる雲をみた。僕がもしみんなに自慢するのなら、空気銃で撃ち落としてやった銀色の海鳥とか、みにくいアヒルの子のようなまっ黒い渡鳥のひなだ。

川のむこうの鵜殿《うどの》のパルプ工場が十時半の合図のサイレンを鳴らしたので、僕たちはサイレンの森のサイレン塔が鳴らす十二時の合図までの時間、本格的に〈秘密〉をつくる作業をすることになった。僕は用意していたくわを使っておおきな太い杉の木の横の地面に、〈秘密〉の柱にするしゅろの木を立てるために穴を掘った。柱に使うしゅろの木は三本あるので、なるべく頑丈《がんじょう》に立つようにするために三つの穴を地中深く掘らねばならない。

僕のうちふるうくわで、草むらの間から黒く濡れた土が皮膚をめくられた動物の肉のようにあらわれ、においを発散した。僕は力をこめて、その柱をうずめるはずの穴を深く掘ろうとするが、中につづまっている石や雑草のしっかりと張った根に力をそぎとられ、なかなか思うように掘れない。僕はたちまち顔が赭くなって汗がにじみはじめるのを感じた。光が僕のひたいのあたりを意地悪く照らし、荒い息を吐いてくわをふりおろしている僕の眼をくらませようとしている。あの雀の子はなんで飛べないのだろうか？　僕は不意に白河君の雀のことを考え、苦しい穴掘り作業を中止して、白河君たちをみた。汗のしずくが涙のようにたまった僕の眼には、草むらは緑色の光をばらまいて風に揺れるようにみえる。すっかり夏みたいになっている。

白河君も秀も鉄もまるで労働するのが楽しくてしようがないというふうに、それぞれ穴を掘ったりしている。僕は三人の仲間の労働ぶりに感動してしまったように、自分の仕事をしないで〈秘密〉のことを考えていた。僕たちが僕たちの力だけで建てる僕たちだけの〈秘密〉。新宮中で一番高い建て物である〈秘密〉。僕はそう考えただけで興奮して、山のなかも茨が密生しているサイレンの森の中も素裸のまま走りたくなる。僕は白河君たちの労働をみながら、僕の体の中におこっている興奮を追いだすように熱い息を吐き、蛇島のむこうにみえる竹中の川をみた。あの川からむこうは、もう別の街だ。あの川からこっち、神倉山や千穂《ちほ》ヶ峰《みね》の山にはばまれているこの海に面した街が、僕たちの領土となる新宮の街だ。

一時間半ほどの作業の後、僕たちはかばんを〈秘密〉のかくし場所におき、川へ泳ぎにむかった。僕たちは竹中の川に通じる灌木種《かんぼくしゅ》の密生した道を、口々にインディアンの雄叫びの声をだしながら歩いた。光が竹中のあたりの椎《しい》の木にあたっているし、五月の季節のにおいそのものに草と土を乾燥させ、空気をなまぬるくさせている。僕は枯れて茶色になったからたちの枝をおり、それを頭にのせて冠をかぶっているように仲間にみせた。

「ほれ、鹿の角」

僕は仲間たちのたてた失笑で、上機嫌になったまま頭にからたちの固くて茶色い棘だけの角をはやしているように、猛獣のうなり声を出してみた。僕がほんとうに半神半獣のように一本の角でも、一本の尻尾でももっていたら、どんなにか楽しいだろうか。パン、ほれ、パン、兄は僕のことをそう呼び、僕といったらその体の格好が滑稽《こっけい》であることもしらないで、兄にも姉にもこだわりなくじゃれついてまわるだろう。実際、僕は兄に親切ではなかった。昨夜、僕は兄の家に泊ってやらなかったし、今日はバッテリを使って魚とりに市田川へ行く約束を拒んでしまった。

「あ、竹中の川がみえるど」

秀が叫んだ。僕は秀のおおきな声で興奮を一度に刺激されたように、水面をひからせている川と僕たちの廃船バクダッド号をみた。それは、眩しく白い光を乱反射させている。僕は息苦しくなり、胸でおおきく息をすい、白河君と秀たちの顔をみ、急に声をあげて笑ってみた。竹中のとなり池田のあたりから川をまたいで隣りの街につらなっている人轢きの鉄橋を、いま汽車が通過しようとしている。長島行きと書いてあるのだろうか？　名古屋行きと書いてあるのだろうか？　僕はそう考え、不意にけだるくなったまま、あの列車に乗っている僕と同じ年齢で、同じ顔や体をしていて、同じ＊＊康二という名前を持ったニセの僕を想像してみた。ニセの僕がここを竹中にむかって歩いていて、ほんとうの僕があの汽車に乗っていたとしたら、ニセの僕もやっぱりこんなふうに考えてしまうだろうか？

「バクダッド号でやっぱし海賊ごっこをする？」

「泳いでからやど」

仲間たちが口々に遊びの段取りを言い、そして歩調をはやめた。仲間たちの歩調にあわせて歩いていると、次第にやわらかい綿のような興奮がおおきくなっていくのを僕は感じた。このままこうやっていると、その興奮は僕の体からぬらぬらした汗や小便や涙のように外にむかってあふれだすのだろう。僕たちは竹中の廃船にたどりつくために、せんだんの大きな枝の下をくぐりぬけ、石段を駆けおりた。

素裸になっているので、水は僕の体のいたるところの皮膚に、弾けるような冷たさを感じさせる。熱い水に体ごとつかっているのか、それとも冷たすぎる水にくるまれているのか、わからないほどだ。僕は手と足をばたつかせながら、用心深く浅瀬で泳いでみて、不意に奇妙な楽しさを感じた。水の中にはいっていると、皮膚がなくなってしまい、体がとけたようになってしまう。僕はいつも僕たちが海賊ごっこする時に使うインディアンの雄叫びを高くあげ、廃船の上からとびこもうとしている白いパンツをはいた白河君をみ、川口のほうにむかって泳ぎはじめている秀と鉄をみた。白河君はまるで水と喧嘩をするように水平にダイビングし、水面に腹をうちつけた。僕は大声で笑ってやり、不機嫌に顔をしかめて泳いでくる白河君に、「おまえの母さんに、バレてしまうがい」と言ってやった。

「調子ばってパンツらはいて泳ごうと思うさか、腹をうつ」

白河君は僕のそばに来て、廃船の尻のほうから川の中にたれさがっている太いロープをにぎり、川底に足をつけて立った。白河君は水の中につかって青白くみえている腹をみせて、歯をかちかちふるわせた。「赤うなっとるのがわかるやろが?」

「イモリみたいに?」

白河君は僕の言葉を笑い、そして鳥肌になった脇腹を抱くようにして体をふるわせながら、陸にむかって歩いていく。僕も急激に寒さを感じて、充分に泳ぎもしないまま陸にあがった。空気が冷たい。僕は廃船の白い甲板の上にあがりながら、いつまでも水の中にはいっていたらきっとそのうち川の水の色に体が染ってしまって、皮膚全体が緑がかった青い色に変色してしまうだろう、と思った。僕は白河君とならんで寝ころび、あごに手をついて、砂利取装置がほうりおかれてある川口の白いやわらかい砂の曲線をみていた。僕たち以外に誰もいない。まるで眠ったまま死んでしまったように静かでなんにも動かない。水は眠ったまま流れている。木も眠ったまま立っている。パルプ工場の煙突から純白の煙が眠ったような風にふかれて眠ったように海にむかってただよっている。どうしたのだろうか？　みんな死んでしまったのだろうか？

「白河君」

「ああ、もうちょっとこうして陽にあたっとる」

「ちがうよ、どうしてみんなこんなにおとなし？」

「知らんよ、俺は、もう子供とちがうさか」

「どして？　白河君は子供とちがう？　小学六年生のくせに」

秀と鉄が口唇を紫色にさせ、体をふるわせながら甲板にあがってきた。素裸のまま泳いできたので、秀も鉄も陰嚢《いんのう》と性器がかたくちぢこまってしまっている。僕は秀と鉄を笑いながら、温い甲板が僕の体にまといついていた川の水で汗のように濡れてきたのを感じて、体をうごかした。秀と鉄が僕の体に冷たい皮膚をくっつけるようにして、甲板に寝ころんだ。

「みせたろか？」

白河君はそう言って体をおこし、水に濡れて下腹にまといついている白いパンツを性器のあたりまでおろした。僕たちの視線が、にせものの皮膚のようにまといついていた白いパンツにあつまっているのを白河君は知り、はずかしそうに笑い、「こんなになった」と言って短かくて細い芽のような毛をゆびさした。

「安全カミソリでそったら、またこんなに黒うなって生えてきた」

白河君の顔や体が、甲板の照し返す光であかるくなっているのをみて、はずかしそうな笑いをたてているのを不思議に思った。白河君もそのうち、兄のようにふさふさした陰毛を下腹部に生やした若い衆になるのだろうか？　若い衆、若い衆になる、まるで夢のように僕にとってははずかしくて楽しいことだ。僕は起きあがって、僕の下腹部をみた。僕にも光をうけてひかっている細い毛が性器のつけ根あたりに生えている。僕は一度に襲ってくる羞恥《しゅうち》を封じようとするみたいに白河君の顔をみ、やわらかい息苦しさで体をつつまれたまま、秀と鉄の四つの眼を意識した。僕の下腹にも綿毛のように生えはじめている。どうしたのだろうか？　僕にいったいなにがおこったというのだろうか？

「おまえのはまだ産毛やど、ヒヨコみたいに黄色いやつはまだ四回ぐらいカミソリでそらな黒うならん」

僕は黙ったまま白河君の顔をみつめた。興奮しているためか涙が眼球の奥からにじみだし、視界をゆがませる。眼があつい。いったい僕はどうしたというのだろうか？

「白河君、そうやけどパンツで泳いだら母やんに怒られるやろが？」

「ああ、おこられてもかまん」

「山学校したのがわかってしまうど」

「そうやけど、俺はもう子供とちがうもん」

僕は素裸のままで廃船の白い甲板に寝ころび、ひじをついて川口のほうをみていた。たぶん兄が僕のこんな姿をみると、バッテリで鮒やウナギをとりにいく約束を破って僕が山学校しているのを怒り、嘘ばっかし言うて大人をだます子供は、尻の穴に焼けひばしを突っこんだるど、と脅すだろう。でも僕はもうすぐ子供でなくなる。僕は川と海のさかい目をみていた。この川の水は流れていって、塩からい濃い青色をしたわけのわからない海にはいりこみ、のみこまれてたちまち同化されてしまう。僕は温い甲板の上に顔をつけ、眼をとじたまま眠りの準備運動のように意味のない問題と答を考えはじめた。海賊船バクダッド号はなぜ水の上を走れないか？　答、老いぼれすぎて、水の上を走る方法を忘れてしまったからです。ではなぜ白河君は子供じゃなくなったのですか？　それは白河君がスケベーで、学校でおんなの子とばかりいちゃついているからです。なぜ空は青いのですか？　空だから青いのです。ではなぜ空なのですか？　空は空ですし、あまりよく考えると眩暈するみたいに気持ちがわるくなってきて、なにがなんだかわけがわからなくなるからです。

犬

午後四時、サイレンの森のサイレン塔から急に高い音が鳴りだし、山の作業場にいて〈秘密〉の組み立てに熱中していた僕たちを驚かせた。火事だろうか？　それとも大洪水の予告警報だろうか？　僕は杉の枝を壁にとりつける作業を中止し、手についた樹液をズボンの尻にこすりつけながら、サイレン塔をみた。サイレン塔の茶色の鉄塔の上を白い服を着た人がのぼっていく。白い服の人はサイレンの森に植えられてある椎の木や樫《かし》の木の梢《こずえ》のあいだから下の街を覗きこもうとするように動きをやめ、再び上のほうにのぼりはじめる。

「火事かもしれん」

僕たちは誰かが言ったその言葉を合図にしたように、下の街をみおろすことのできる作業場の端の、大きな岩が置かれてある場所に走った。そこから下は住宅を造るために、土を削りとられて急な崖になっている。山のむこうにはいるために準備するように黄色くなった陽の光に直接体を照らされ、僕は街の中の火事をさがした。楽しくてしようがない。

「舟町のほうで燃えとる」

鉄が僕の体に上半身をこすりつけ、まるで自分自身の興奮を伝えるように熱い息のまじった言葉を僕の耳もとで言った。舟町で火事は煙を空にあげて、赤い舌をみせて燃えている。

「小便したらすぐ消えてしまうみたいやげ、あんな火事、この前の農協のほうがもっとすごかったわ」

「牛が焼け死んだのやろ？」

「うん、農協の。空にね、牛の首がとんでくみたいにごうごう燃えたん。みんなね、石油なんかまいて輪三郎でも放火したんやろ、言うとった」

ほんとうにここからは、まるで弱よわしい無害な動物、臆病もののトカゲみたいだ。僕は背中に鉄の体温と体の重みを感じながら、下の街から僕たちをみれば、きっと四羽のおおきな鳥みたいにみえるだろうと思っていた。サイレンの高い音が再び鳴りはじめる。馬鹿みたいだ。僕は体の奥で次第に萎えつづけていく興奮を意識しながら、昼間の火事は寝呆けた子供みたいにあっけなく噓うそしいと思っていた。僕はその農協の火事はみなかった。でも僕は、夜の群青色の空に、焼けただれた牛の首やわら麦を噴きあげて燃えつづける農協の火事を想像できる。夜の火事は昼間の火事より、一千倍ぐらい恐しいのだ。

　僕は興奮を萎えつくさせたまま街の家並みをみつめ、僕たちが今建設中の〈秘密〉のことを思いうかべた。僕たちの〈秘密〉は、一番高く空にむかってそびえたち、この街を治めてしまうだろう。風がまるで太陽の黄色くなった光の粉をふきつけたように、僕たちの体一面をひからせている。僕はぐみの木の枝を手で折り、幼いやわらかい葉をむしりとって素裸にさせてから、山の下にむかってそれを投げた。

　夕焼けがはじまりだすのを意識しながら、僕たちはふたたび〈秘密〉の作業に熱中した。僕たちはそれぞれの分担をはっきりわけて、まるで大昔エジプトのピラミッド造りに狩り出された奴隷のように、黙りこみ、作業にうちこんだ。〈秘密〉の骨格にはもともと植えられてある大きな杉の木を中心に、三つのしゅろの木の柱をたてた。鉄と白河君の担当でその骨格に格子縞《こうしじま》やダイダロスの迷宮の地図を思わせるいりくんだ網目をつくって、壁の原型にした。その後、杉の枝や椿のあかるい葉の密生した梢をくくりつけて壁にするのが、僕と秀の役目だ。一本一本の杉の枝が、体からひきちぎってきた人間の腕みたいに樹液を流していて、乱暴に扱うたびに、じんじん襲う痛みに耐えかねて指を痙攣《けいれん》させているようだ。切りとった一万本の腕でつくった僕たちの〈秘密〉の壁。それは子供たちだけの手によってつくられた、子供たちの〈秘密〉にふさわしく、残虐で、暴力的で、やさしさにみちている。僕たちの〈秘密〉は輪三郎の小屋など問題にならないくらい堂々と、そして〈秘密〉という名前にふさわしく他の木々や草むらとは瞬時に区別できないくらい、静かにこの山に建つのだ。

白河君と鉄が樫枝を磔《はりつけ》にしてしまうように力をこめて、釘をかなづちで打っている。「〈秘密〉のてっぺんにブリキ板を置いて、雨の日でも〈秘密〉にきて遊べるようにするんや」

白河君たちの労働ぶりをみていると、秀は僕の怠慢《たいまん》さを軽く批判するように、できあがった〈秘密〉のイメージを言った。「お陽さまがあたったら、学校のほうでもどこからでもピカッピカッとひかるのがみえるようにするん」、そうだ、僕たちの一番高くて堂々とした〈秘密〉は、その主人である僕たち子供にむかって、太陽の光をもとにして秘密信号のようにピカッピカッとひかり、僕たちを息苦しくさせるのだ。ピカッピカッ、いま太陽は真上にいて、てっぺんのブリキ板は一番強く熱い光をうけています、海はまっ青ですが、ただし溺《でき》死《し》体《たい》一体が浮遊中です。僕たちはその信号を受けとると、ただちに双眼鏡でももって山にのぼり、怠惰な眠りそのもののように波ない海に浮遊している溺死者を観察しはじめるだろう。僕はおおきく息をすい、鼻腔にはいりこんでくる木々の梢がしたたらす緑色の樹液のにおいと、土のにおいと、夜のはじまりをしめす風のにおいを感じとめた。それはまるでこれからはじまる夕焼けそのもののにおいみたいだ。鼻腔の先が冷たい。

闘鶏場の帰りらしく仕事服と長靴をつけた兄が、まるで熊のような顔をしてむくむく肥《ふと》った仔犬を一匹かかえて、僕たちの作業場にむかって山をのぼってきた。兄は僕をみつけると、微笑で顔の造作を溶かしてしまったように笑い、胸にかかえていた黒い毛の仔犬をさしあげて僕にみせた。僕は仔犬をもらってきてくれたうれしさよりも先に、兄に僕たちの〈秘密〉をみられてしまったことに、熱い羞恥ととまどいを感じ、夕焼けで金色に染まったひかる雲を背景にして、立って笑っている兄の顔をただみつめていた。夕焼けが山中を濃い赤に塗りつぶし、僕はまるで物語の悲劇的な主人公のように血のような光をうけて僕たち子供の前にあらわれた兄を、みていた。眼も口唇からかすかにのぞいている歯も長靴も、夕焼けの色にそまっている。兄は体のいたるところを充血させているように、山の中に立っている。

「ほれ、こんなにかわいらしい熊子」

白河君たちは〈秘密〉づくりの作業をほうりなげ、兄が草むらの上におろした仔犬のまわりに駆けよる。僕は兄のやさしさを感じとめたまま不思議なはずかしさに体をつつまれ、草むらの上に尻もちをつき、体をふるわせながら尻尾をふっている仔犬を抱きあげた。仔犬はいきなり抱きあげられたために驚いたらしく、僕の手の中でふくらんだぬくい腹を痙攣させ、僕の顔をなめにかかろうとする。

「田中さんはね、こいつが子供を産んだら、絶対一匹もってきてくれと言っとったど」

兄はそう言って僕たちの作業場に入り、半分ぐらいできあがっている〈秘密〉をみ、「なにをつくっとる?」と訊ねた。僕は仔犬を抱いたまま白河君と鉄と秀とに合図をおくり、それから兄の質問をきかなかったように高い笑い声をあげ、仔犬を草むらにおろした。秀が草むらにうつぶせに寝そべり、手で草むらをたたいて、「熊子、熊子」と呼ぶ。まるで夕焼けの光をあたりかまわずまき散らしているように風がふく。それは音楽のように僕たちの耳に伝わり、さまざまな色と光とにおいで僕たちを襲い、圧倒し、のみこみ、そして無口にさせる。仔犬はそんな僕たちの山におびえたように、ちいさく体をふるわせ、泣きだしそうな眼をして僕たちをみる。

「兄やん、この犬はメン?」

「ああ、メン、そうやんでひょっとしたら母やんは、子供ばっかし生むメンらを飼えん言うかもしれん。母やんはあんまり子供を好きとちがうさか。母やんは兄やんがまだ子供の時から、いっつも、一人前の若い衆になっといて女の子もつくらんと母やん、母やん言う子はどこそへ行けよ、と言っとった。生まれつきの子供嫌いやさか」

「飼うたらあかん言うたら、兄やんはこの犬、田中さんとこへもどしにいくん?」

「田中さんとこへはもどさん。兄やんの家で康二が飼うようにしたらええがい。そうやけど、康二にやったら甘いさか、母やんは、飼うてもかまん言うかもしれん」

兄はそう言って〈秘密〉の柱をさわってみて、それから犬が動くたびにくすぐったい笑い声をたてている白河君に、「これは何をつくっとるんなん？」と優しい言葉で訊ねた。白河君が僕の顔をみるので、僕は視線を仔犬にすぐ移して、白河君に否のサインを送った。兄であろうと、谷田先生であろうと、ポスナであろうと、僕たちの仲間の子供以外には、言ってはいけない完全なひみつなのだ。ひみつ、一度僕たちが誓いあったすべてのひみつは、口が裂けても、怒った兄たち大人に殴られても、けっして口外してはならない。このことをはなすと山学校したことも、竹中で泳いでいることも、輪三郎を僕たちがからかっていることも、ことごとく大人の前で露見し、大人たちから制裁をうけてしまう。

「なにかわからんもの」と白河君は下手な嘘を言った。

「なにかわからんもの？　なにかわからんもののために、白河君や康二らはこの山で暗うなるまで遊んどる？　なにかわからんもの、むつかしなあ、なにかわからんもの言うのは、なにやろ」

「サイレンみたいなもの」鉄が兄の言葉につられておおきな声で言い、それから自分の言ったサイレンという言葉で兄がすべてを気づくことを心配するように、顔をふせ、仔犬に熱中するふりをした。鉄はサイレンの森のサイレン塔のことを、「サイレンみたいなもの」と言ったのだ。

ナニカワカランモノ、イッタイナニカ俺ニハワカランモノ……

兄は〈秘密〉の柱に手をかけて立ち、風が足もとの雑草の上を走っていくのをみつめるようにうつむき、低い声でつぶやいた。

さいれんミタイナモノ……？

「さっきね、舟町のほうで火事があって、サイレンがうわあうわあいうて鳴っとったん」

白河君が鉄の言った言葉から兄が〈秘密〉の内容を気づいてしまうことを妨げるように、火事のことを言った。僕はうつむいてひとりごとを言いはじめている兄を、仲間たちがみているのに羞恥を感じていた。風が突然強くふく。山全体が僕たちと兄を嘲笑しはじめたように、枝や葉や草の茎をうごめかせ、騒々しい音をたてはじめる。僕の足にも兄の足にも、夕焼けで赫《あか》くひかっている草が、動物の舌のようにまつわりつこうとしている。それは赤い蛇の舌だ。風に体をくねらせ、嘲っているのだ。兄は夕陽に後頭部と首筋を照らされたままうつむき、まるで僕たちがいないかのように黙りこんでなにかを考えていた。いったいなにを考えているのだろうか？

さいれん……？

フナマチモモエタ、ノダマチハ？

兄はそう言って顔をあげ、髪を手ですくいあげてから僕とそして鳴き声をあげている仔犬をみた。兄の耳に、いま大魔王からの電波がとどきはじめているのだろうか？白河君も秀も鉄も兄の言った言葉がわからなかったらしく、僕に説明をもとめるように視線を僕と仔犬にうつしてきた。僕は笑い声をあげようか？　と思っていた。兄は僕たちが住んでいる野田町も、火事が発生して燃えつきてしまわなかったのか？　と言っているのだ。

「野田町はそんなに簡単に燃えんよ」

「かんたんにはもえん？　あんなにかんたんにバタバタとたてて、かってに嘘の父やんといっしょに康二らがうつりすんだ家がかんたんにもえん？　あほらしい」

「兄やんとこの家がある春日町が燃えたらええのに、そんなに火事になってほしいんやったら」

カスガチョウ……カスガモモエル？

僕は兄の顔をみないように仔犬を作業場の草むらの上におろし、白河君たちに作業用の道具をかたづけるように合図した。かなづち三本、これは鉄の家の物置小屋と学校の道具室から無断でもってきたものだ。歯が欠けて小枝を断ち切るには相当の努力と汗がいるノコギリは、やはり僕が大掃除の日、学校の暗い埃《ほこり》っぽいにおいのする道具室から、かばんにはみだした柄を上着でかくしながらこの山に運んできた。僕は意味のよくわからないひとりごとを低い声でつぶやいている兄を、仲間たちがみつづけているのに羞恥を感じて、ひとりで道具の後かたづけをした。

「ジャック」

「熊？」

「ブラック」

僕たちは山道を下にむかって降りながら、口々に犬につける名前を言いあい、弾けるように笑った。みんななんにもおかしいことはないということを知っているのに、おおきな声で笑った。夕陽が朝鮮部落のブタ小屋のトタン屋根や家の窓硝子《まどガラス》にあたり、色のついた眩しい光を乱反射させている。鉄も秀も白河君も体中を火事にさせたように赫い。やわらかくて幼い葉を密生させている灌木種の枝をちぎった。僕の顔も眼も歯も、夕陽で赫くなっているのだろうか？　仔犬は白河君の腕の中で、突然家々や山や草むらや僕たちまでも火事にさせてしまう夕焼けにおびえたようにちぢこまり、体をふるわせ、白河君がこれから自分を飼う主人だと思っているように時々顔をなめにかかる。あの酒のみめ、と僕は思った。まるで輪三郎みたいに兄はわけのわからないことを言って、僕をはずかしがらせる。

「ブラック、ブラック、あのね呼ぶ時は、ブラッと言うん」

「この犬はメンやど、オンみたいにジャックとかブラックとかはつけられん」白河君はまるで自分の犬のように仔犬を抱いたまま言い、僕の顔をみた。

「メス、メスという名前にしたら?」

「メス子、オメス子、オメコ!」

鉄がおおきな声で言い、僕たちは暗くなりはじめた空におびやかされるように、無理に卑猥な高笑いをあげた。僕の犬、僕は鼻の頭をぬらしておびえた眼をしたまま尻尾をふりつづけているこの仔犬に、どんな名前をつけてやろうか? 生まれてはじめて僕がほんとうに飼育することになった犬だ。

果実

僕は仔犬にペストという名前をつけた。ペストは家の裏にある納屋の樋《とい》に鎖をくりつけられて、一日中すごしていた。ペストは僕と同じようになまけもので、地面の上に寝そべってばかりいて、そして時々鼻にかかった高い声をだして鳴いた。学校からもどると僕はすぐペストを鎖からときはなち、自由にしてやる。ペストは体をくねらせて尻尾をふり、鎖をほどこうとする僕の手や顔をなめにかかる。小便をまでもらして、僕に喜びを表現するのだ。

「よう肥る犬やよ。家へ来るときは、あばら骨がでとったのに、家で飼うとちょっとの間にまるまる肥ったわ」

母は僕がペストを連れているのをみていつもそう言った。「そうやけど、このメンはすぐおおきなって、またようさん仔を産むんやろなあ」

「子供産んだら、みんな家で飼うてもええ？」

僕が訊ねると、母は顔をゆがめて笑った。「犬を家の人の数よりも多いに飼うたりしたら、どっちが飼い主かわからんようになる。あかんよ。産んだら連《つれ》にでももろてもらわな。メンいうのは仔を産むのが商売やんで、康二らの言うようにしとったら、家が犬だらけになるがい」

僕は母の言うことをきくつもりはなかった。ペストは一年も経てば、一人前の雌犬に成長し、交尾して六匹ほどの、さまざまな毛色や顔をした雑種の仔犬を産むだろう。六匹の中の三匹のメンの仔犬は、兄妹である三匹のオンの仔犬とでも交尾して合計十八匹の仔犬をつくる。ペストの産んだ分をいれれば、合計二十四匹の仔犬の集団となり、その仔犬たちとペストは、ふたたびそれぞれがメンとオンの集団となって、交尾を繰り返し、九十六匹の仔犬を産む。僕の家は、そうするうちに犬だらけになっていく。もし母がペストの産んだ六匹の仔犬を家で育てるのに反対するなら、〈秘密〉で僕が飼っても良い、と思っていた。

「母やんは子供が好かんの?」僕は意地悪く、そう訊ねてみた。

「ああ好かんよ、服ばっかしよごして親の言うことときかん子は、とくに。康二らの言うこときいとったら、家中犬の糞だらけになってしまう」

「兄やんは、母やんが子供をあんまり好きとちがう、と言っとった」

母は僕の言葉をきくと、肥った体を風呂場のたき口に移して中のまきを動かし、

「ええ若い衆になっといて、いつまでも甘えて」と言った。母の手によってうごかされたまきは、赤く輝く炎をあげていきおいよく燃えはじめる。母は怒ったように執拗にまきをいじり、それから母の得意のカレーライスを作るためなのか、馬鈴薯の皮を包丁の先でこすりとりはじめる。「兄やんとこの家をみてみ、家の中にまで鶏をいれて、養鶏場みたいにしてしもたある」

ペストは五月のはじめの、熱をまといつかせない光の中で尻尾をふって草むらを走る。止れ、すすきの葉の間に、つぶすと茶色の内臓と涙のような体液をだす淡い緑色のバッタがいるぞ、それはおまえの嗅覚《きゆうかく》と聴覚を訓練する仮想敵だ。ペストは用心ぶ

かくすすきの葉の間にはいりこみ、鼻をうごめかせ、尻尾をたてたまま敵を追いつめる。敵はレインジャー部隊だ、うすい羽根を一瞬ひからせて遠くの草のしげみにむかって翔びあがる。僕はペストを呼ぶために高い抑揚のついた口笛を吹いた。ペストは体をはずませて僕のそばに駆けより、尻尾をふりたてる。

「おおきかったら、おまえはライオンみたいにみえるんやろが、おまえはメンのくせに熊みたいな顔をしとる」

「おまえがいっぱい仔を産んで、〈秘密〉の女親分になって、輪三郎が飼っとる猫と戦争するん」

「勝てるか？　そうか、そしたらおまえは〈秘密〉だけでなしに、山中の女親分になれる」

「おまえはそうなったらもう〈秘密〉の国にこの山を変えてしまえるど」

兄は酔っていた。雨も降っていないのに黒い長靴をはいた兄は、僕の顔をみると髭《ひげ》の濃い顔をゆがめて笑い、それからアルコールのにおいのする顔を近づけて、「あのサイレンみたいなものはどうしたん？　できたんか？」と訊ねた。

「まだできあがらん」僕はぶっきらぼうに答え、息がかからないように顔をそむけた。兄は僕の肩に手をかけ、酒をのんでいるためにぬかるみで体の平衡を失ってころんだのか、泥のついた髪を僕に近づけ、「ああ、まだできあがらんの」と優しく言った。兄の指が僕の衣服を通して、肩の肉にしっかりと感じとめられる。

「康二らはなんにもないのに、あんなもんをつくって、兄やんには教えてくれんのやなあ」

兄は笑って言った。夜が次第に僕のまわりに、霧のようにたちこめはじめている。兄は闘鶏場の田中さんからの帰りなのだろうか？　隣りの黄色い電燈のひかりは、ほとんど野茨のような粗末な花をつける薔薇《ばら》のしげみの陰を地面に浮かびあがらせている。なにも動くものはない。

「母やんは家におる？」兄は僕に訊ねた。僕はうなずき、肩にかかっている兄の手のおおきさを意識して、急に不安になってきた。ラジオの音が、ぬくい闇が充満しはじめた家の前の道路にしみわたってくる。今は夜なんだ、と僕は思った。夜には昼間はものかげにひそんでいた気味の悪い蛇やトカゲや、そして幽霊どもがゆっくりとはいだしてくる。

「ミチコは家におる？」

僕は兄の手をふりほどくために体をゆすり、「兄やんが酒のんできたら、僕は好かん」と叫ぶように言った。そうなんだ、僕は酒をのむ兄は大嫌いだ。酒をのんだ兄は、いつも母を怒らせ、姉を泣かせる。

兄は台所の天井からぶらさがっている裸電球の粉をいっぱい体にまぶして、上り口に坐っていた。兄は包丁をたたみの上につきたてて、母と父と姉をにらみつけていた。暗い外からはいってきた僕にはなにがおこったのか、さっぱりわからない。兄は僕の顔をみると、酒に酔っているためかききとりにくい声で「康二もそこへ坐れ」とどなった。

「康二は坐らんでもええ」母は強い声で言った。

「その包丁で親を刺すんなら刺したらええ。どこの国の子供が、親や妹弟が幸せにいっとる言うて、ねたんで包丁をつきつけるもんがある？　しかも一人前の若い衆になっといて」

「康一よ、酒を飲んで、包丁をもってはなさんと、素面《しらふ》ではなそうよ」父は母の話のつづきのように、ゆっくりした声で言った。みんな嘘だ、と僕は変に間のびした空気を意識しながら思った。兄は酒のいきおいで、気抜けのした殺意というものを演技しているだけだ。父は、そんな兄を見抜いて、素面の時はけっして話をしようとは思っていない兄に、対話をよびかけている。普段の兄は山羊のようにおとなしいのだ。

「殺す言うたら、殺すど」

「さっきから、そうやんで、親を刺したいんなら刺せ言うとるやろ？　康二、かまわんさか母やんや父やんやミチコに包丁の先でもふれたら、踏み切りのそばの警察に言うてこいよ」

　僕は母の言葉をきかないふりをした。実際に兄が母や父たちを殺すことを想像できなかったし、それに僕が警察にいくまでに兄は逃げてしまうだろう。包丁がたたみを刺して、ひかっている。

　不意に姉が声をあげて泣きはじめた。僕は姉の泣き声に触発されたように、体の奥のほうで居ごこちの悪い不安がひろがりはじめているのを感じた。

「こんなことばっかし、やっとる」

　姉は泣きながら言った。「母やんがその男といっしょに住んでから、うちの一統はこんなことばっかしやっとる」

「その男？　だれをその男とこの子は言う、誰のおかげでおまえはここに住んどる？」

　母は驚いたように姉にむかって言い、姉の顔をにらみつけた。姉は母の言葉をきくと、急に立ちあがった。「ここへ来たのは、母やんがここへ住んださかやよ。わたしは高校へも行かんと、今はパチンコ屋につとめて自分のことは自分でやっとる。この男の世話にはなにひとつなってないんよ。今の母やんは兄やんやわたしになんにも母やんらしいことをしてくれんがい」

　母は立ちあがって姉の顔を平手でぶった。姉はおおきな声をあげて泣きはじめる。

「ヒロポン中毒にキズものにされて、この子は」母は肥った体を姉にのしかけるようにして、姉のパーマのかかった髪を手で持ってゆさぶりつづけた。「でていけ、でていけ、康一もミチコも母やんが母やんでない言うなら、どこへでもいってしもたらええ」

「ああいくわ、わたしはどこへでもいくわ」

兄は黙りこんだまま、突然姉によって筋書きにない奇妙な方向へ舞台が進展しはじめたのに驚いたように、ただ首をふっていた。笑うことのできない重苦しい茶番劇だ。僕はおおきな声をあげて泣いた。僕が泣くことしか母の怒りをしずめ、兄と姉のさくれだった感情をおとなしくさせる方法はないのだ。

「うるさい、五年生にもなっといて、泣くな」

父がどなった。母は僕の顔をみると荒い息を吐きながら自分のそばに坐らせ、「何言っとるの？　あんたにこの子の泣く気持ちがわかるん？」と言った。「あんたは人のことみたいに思っとるかしらんけど、わたしがどんなにつらいかわかるん？」

「そんなことがなんで俺にわかる？」

「なんでわかってくれるようにせんの？　夫婦やったらなんでわかるようにせんの？」

母は強い声で言いながら僕の顔の涙を手でぬぐった。僕は子供なのだ。涙でまぶしくみえる台所の中に、僕の母と兄と姉と、嘘の父がいる。みんなそれぞれ黙りこんでしまった。兄と母が喧嘩をしようと、母と姉が喧嘩をしようと、母と父が喧嘩をしようと、子供の僕にはまったく関係のないことだ。なにひとつわからない。次第に酔いがさめてきたらしくしきりに台所の水を飲んでいる兄をみながら、僕はみんなで劇をやっているような感じを抱いた。ほんとうの母とほんとうの父と、おおきくて強い兄と、賢い姉と、僕の五人でつくる、平凡な家庭があって、金曜日の夕食後、深刻だが間の抜けた劇を、演じている。いま僕らは仮面をかぶって、それら各々の役柄に合った服装をつけた名俳優たちなのだ。

「そうやけど、なんで康一らは母やんをせめんならんの？　いつまでも昔みたいに、人の家の焼け跡に麦畑をつくったりして、食べていけると思うとるん？　もうそんな時代とちがうんやいうのを康一はわからんの？」

「そんなことは言うとらん」

「ほしたら、どうせえと言うん？　母やんらに別れよと康一は、ミチコは言うん？　康一らの父やんが死んださか、康一を父やんみたいにして、自分の子供ばっかしの家で、母やんらしいことをせえと言うん？」

「そんなこととは違う」

「どうせえと言うん？」

「わからん」

俳優である兄は、突然役割を放棄したように黙りこんだ。僕は兄の顔をみつめながら、闘鶏で負けてしまったのだろうか？　と想像していた。眼のあたりに傷をつくっている兄のシャモは、いつも怒っているように緑色にひかる黒と茶色の羽根をばたばたとあおいで、竹籠の中で運動する。もし闘いに負けたのなら、逆さにつるして喉首を切り、血をすべて吐きださせて、熱湯につけて毛をむしって潰《つぶ》してしまわねばならない。兄はうつむいていた。なにを考えているのだろうか、まるで僕と母と父の眼差に羞恥したようにうつむいて、なにも話さない。

「兄やん、いこ」

姉も俳優であることをやめた兄に同調したように、気抜けた声で科白《セリフ》を言った。

「わたしはもう子供とちがうし、パチンコ屋にでも飲み屋にでも勤めて食べていける」

母は姉の言葉をきくとふたたび怒ったように荒い声で「いけ、いけ、でていけ」と言った。「自分ひとりだけでおおきなったような顔をされるのは、わしはつらいわ。大阪へでも名古屋にでも、自分の好きなところへいたらええ」

たとえばサイレンの森の奥から叫び声がして、一斉にインディアンのような格好をした人間がとびだしてきたら、僕はどうするだろうか？　赤や黄色や青のいれずみで体をうずめつくした男どもは、かがり火を赤くたき、時々僕のほうをみて、びっくりするほどおおきな荒い声で、やッ！　と叫ぶのだ。僕は体をこごめて茨のしげみの中にかくれ、ただふるえている。そのインディアンどもは蛇島に住む輪三郎のように気違いじみて僕をにくみ、さがしだして、衣服をはぎとり裸にして、僕を焼いて食べようとするだろう。

やッ、康二！

インディアンどものうちの一人が、僕をみつめてどなるのだ。その男は素裸のままで茨のしげみにはいってきて僕をつかまえようとする。男の下腹部にある陰毛と性器がかがり火の光に照らしだされる。母やん、母やあん、僕を殺しにくる、このサイレンの森からとびだしてきたインディアンどもをやっつけて下さい、僕はただそう叫んでいる。そして祈りのように叫び声をあげつづけながら、僕は茨のしげみの中を、兄にでも父にでも具体的な助けをもとめて逃げはじめる。

実際、僕は唯一人になってしまうと、ほんとうに弱虫なのだ。ふたたび眼をとじる。まるで体が家のなかの闇にとろけてしまって耳だけになったように、屋根にあたる雨の音をきいている。雨だ。僕は体を固くしたまま、雨のふっている外界といっしょになってしまったように、どこからかわきあがりはじめた不安を感じとめた。雨は不安をまきちらすのだ。僕たちが夕方まで建設していた〈秘密〉も夜の闇の中でふりはじめた雨におおいつくされ、昼間とはまるっきりちがって不安そのものに変化している。僕は不安なのだ。いつからこの雨はふりはじめたのだろうか？　潮鳴りがきこえる。

僕はやはりいつかこんなことを考えて一晩中眠れなかったことを覚えている。いつだったか？　僕にはわからない。いつこんなことを経験したのか？　いつからこの雨はふりはじめ、眠りから不意に目覚めた僕を不安にさせ、おびえさせることになったのか？　僕が死んだようになにもわからずに眠ってしまっていた時、黒く暗い空から地上をめがけて無音のまま雨はふりはじめたのだろうか？　音も光もないまま。

僕は体を動かし、冷たい感触のする布団の別の部分に移り、パンツの中に手を入れて僕の性器を触った。白河君のように毛は生えていない。兄の体がそばで動く音がした。僕はあわてて下腹部を点検していた手をひっこめ、枕元に置いてあった貸マンガ本をみようとして布団の中でうつぶせの姿勢をとった。なにもみえない。兄の家なかに泊るのではなかった。ひさしの板をたたいている雨の音をききながら僕はマンガ本を手で触《さ》わり、電燈をつけてやろうか？　と思っていた。

　鶏の短かい低い鳴き声がおこり、それが終るとふたたび兄の家の中は雨の音だけがきこえる闇にもどった。二百羽あまりの白色レグホンや名古屋コーチンの四百ほどの眼球が、この兄の寝部屋のむこうから僕をにらんでいるのだ。無音の闇にちりばめられたひらいた眼球、閉じられた記憶のような眼球。僕はそれが不安だし、恐い。涙がぬくい触感を伝えて闇にとけている僕の二つの眼をふさぎ、二つの鼻腔からあふれだしてきた。兄の家なんかに泊るのではなかった。

「なにを泣いとるんな、康二は？」

　闇にとけてしまっている兄が眼をさましたらしく僕に訊ね、そして闇にとけた手で僕の髪を触った。兄の見えない手は、夜目覚めて雨と潮鳴りの音におびえて泣いている僕に、兄の存在そのものを教えるように髪を撫《な》ぜる。僕はまるで子供だ。僕は低いかすれた声をあげながら、不意に襲ってくる意味のよくわからない悲しみに促されたように、ぐみの実の汁のような酸い涙をたくさん流した。

　兄は体をおこし、窓のガラス戸をすこしあけ、そして力強くそのむこうの雨戸をおしあけて、部屋の中に薄い闇をつくろうとした。雨のふっている外は夜だというのに変にあかるい。風が兄の行為を待っていたように部屋の中にはいりこみ、鶏の体臭と糞のにおいと餌のにおいのまじった空気をふきはらい、新鮮な冷たさと兄の髪のポマードのにおいをつたえてくる。

「康二は弱虫やなあ、暗かってもなんにも恐ろしがることはないのに」

兄はそう言って、布団をすこしあげ、僕に兄の布団の中にはいるように合図した。僕はもう泣いてはいなかった。鼻水と涙を敷布団にこすりつけながら、子供のまねをしたみたいに泣いて、ぬくい涙を流した僕がはずかしかった。

むかしはこのあたりに夜泣きの子供があったら、大浜のほうから人買い女がきてね、泣く子はどこにおる？　泣く子は塩をつけて頭からでも尻からでも手の指からでも食うぞ、と言うてまわったらしい。夜泣きの子供、ちょうど康二みたいにおおきいになって小学五年生になっても、母やんのそばにしかよう寝やんと泣く子のことや。

むかしばなし？　兄やんが康二らのよういっつも遊んどる山に、コッテ牛を三頭も放牧しとったことをはなしてほしい？　戦争がありました。そして戦争は終りました。母やんはいまみたいに肥っておらんで、やっと終った戦争の後、まず生まれたばかりの康二もかかえとるため、ようさんの食い物をこしらえることにしました。人の家の焼けた跡に麦畑とサトイモ畑とをつくりました。そのころ父やんが死にました。兄やんはもう康二よりすこしおおきくなっていたので、みんなが住めるようにと家をたてました。兄やんはまるで若い父やんのようにして、母やんらのために働きました。

兄やんはその頃流行《はやり》たての白い背広を着て、ようダンスして遊び、正月に着るもんがない言うと、駅前のシマダ洋服店で、母やんとミチコと康二の新品の服を盗んできました。母やんは、兄やんのために、警察にひっぱられていき、家宅捜査をうけました。母やんは、泣いて、いっつも警察にひっぱられていくようなことはせんといてくれ、と兄やんに頼みました。母やんは、兄やんがあかもん大学にはいってしまうのを心配しつづけたのです。兄やんらは朝鮮人の若い衆と組んで豚の飼育もしたし、よう人と殴りあいの喧嘩もした。ミチコの彼氏のヒロポン中毒は、朝鮮人と喧嘩してバットで頭を殴ったって相手を阿呆にさせてしまい、体中が紫色に脹れあがるほど朝鮮人らから袋だたきにあいました。もう十年も十五年も前のことです。終り。

兄は僕の髪を触ったまま眠たげな声をだしてはなし、それから黙ってしまった。僕は兄の腕を枕にして寝たまま耳と眼と鼻だけを使って、もう二十六歳にもなっている兄の子供のころの物語を反芻《はんすう》した。兄は僕と同じくらいの年齢のころ、どこから麦の種を仕入れてきて、どういうふうな麦畑を作ったのだろうか？　黄金の麦の穂が風に体をかしげた、兄の黄金期、僕は走る、光が僕の額を射しつらぬく……。だがそれは十年も十五年も前、僕がなんにも定かにおぼえていないころの物語だ。

僕は眼をおおきくひらいたまま眠ろうと思った。僕が眠りのつづきのようにしてわけのわからない死の世界に落ちこんでしまうことがないように、せめて僕自身の二つの眼だけでも、見張るため、眼をあけてめざめたまま眠ろうと思っていた。僕が一番恐いのは、眠っている最中、なにもわからないままに死んでしまうことだ。兄の低いいびきと呼吸音がきこえる。

僕たちの〈秘密〉、一番高くて堂々とした〈秘密〉はいつ完成するだろうか？　いまこの春日町や野田町にふっている雨が、朝になっても夜になっても次の朝になってもふり止まず、竹中の川が氾濫して海と呼応して大洪水をおこそうとも、その中に避難すれば兄も姉も母も仔犬も救かることのできる新宮で一番高い〈秘密〉だ。僕は兄の腕から頭をはずし、そして寝返りをうった。

迷路

〈秘密〉はほとんどできあがっていた。僕たちは杉のおおきな幹を主柱にして、正四角形を形づくっているしゅろの木の柱の間の四つの壁に、さまざまな種類の枝をはりめぐらせ、後から天井にとりつけるブリキ板と、〈秘密〉の内部にじゅうたんのように敷くやわらかい緑色の草を刈りとってくればよかった。僕たちは労働した。秀は朝鮮人である白河君との喧嘩のことを忘れてしまったので、〈秘密〉の建設を妨げる仲間割れになる言葉をもうけっして言わなかった。すべては順調にすすみ、風と光と水で合成される僕たちの五月という季節に、〈秘密〉は完成に近づき、そしてその分だけ僕たちは失望しはじめていた。

僕の額と眼と首すじに汗がまといついている。時々竹中の川のほうからふきあがってくる風が僕の体中の皮膚をくすぐり、僕は仔犬のように鼻で強い息をして風の愛撫に反応した。僕は体をこごめて、緑色の光をまきちらして葉刃をふりまわして抵抗するすすきの葉を、ナイフで切りとっている。いくら抵抗しようが、身をもがこうが、山の主である僕がふりはらうナイフの前ではこいつらはひとたまりもなくとどめをさされて、死ぬ。こうして集められたおびただしい植物の屍は、暴力的であるがやさしい僕たちの〈秘密〉に運ばれ、緑色のじゅうたんになるのだ。午後三時、鉄が顔の汗を手でしきりにぬぐいながら、腰をかがめてやわらかい草の葉を素手でむしりとっている。光の中で汗を皮膚中からふきださせて労働していると、〈秘密〉をつくるというこことがなんの意味ももたないような感じに僕は襲われる。実際、嘘うそしいのだ。僕のナイフがすすきの葉刃にくいこみ、いきおいよくななめに葉刃とけばだった表皮を切断する。これはそぎ落してやったすすきの指だ、あるいは脚だ。

「あとで蛇島の輪三郎の小屋までいってみて、あいつが留守やったら、あいつとこから旗を盗んできたろ」秀が不意に僕のそばで声をだして、短かく言った。そして言い終ると自分の言葉にうんざりしたように、黙りこみ、不意に荒っぽく木の棒で、風にうごめいているすすきの葉をふりはらった。いらだったまま棒を投げすて、秀は僕のみひらいた二つの眼に羞恥したように今度は手でひきちぎろうとする。

僕たちは切りとった雑草の葉やすすきの葉を腕でかかえて、〈秘密〉の中に運びこんだ。草のにおいが僕を上機嫌にさせた。〈秘密〉の入口から背をかがめて中にはいろうとしている白河君をみて、僕は胸にひっかかっている葉を手でふるい落しながら笑った。もしできたら、僕たちはここでインディアンのように生活をする。そして時々輪三郎と交戦したり、朝鮮部落や野田町にでかけていって〈秘密〉を飾るにふさわしい宝物を略奪してくる。

「ブリキ板はどこからもってきたらええん、秀?」

「ブタ小屋のブリキ板を黙ってはがしてきたらええんやよ。そんなことぐらい簡単やど」

中にはいって、草の葉を一面に敷きつめる作業をしている白河君が、大人ぶった口調で鉄の心配に答えた。鉄が〈秘密〉の中にはいる。僕と秀は中にはいった二人に、外からすこしずつ草の葉をわたしてやる役割だ。

「そうやけど、ブタ小屋をもっとる朝鮮人に怒られるやろがい?」僕が言った。

「ああ、俺やったら怒られへんよ。大どぶのそばのブタ小屋のブリキ板やったら、もうじき持主が国へいくんで、黙ってはがしても平気やど」

「国?」

「ああ、母やんがそう言っとった。朝鮮人らはみんな国へ帰る言うて」

「白河君も、帰るん?」秀が訊ねた。白河君は秀の言葉をきかなかったように黙りこみ、床のじゅうたんのすき間のできた部分に草の葉を並べた。天井の部分からはいりこんでくる光に髪と背中を照らされ、白河君は汗をかいている。

「俺は帰らん」

白河君はそう言うと、せっかく敷きつめた草の葉のじゅうたんを踏みつけて汚さないように、跳ぶように歩いて〈秘密〉の外にでた。もし、僕たちがこの〈秘密〉の中で寝泊りするのなら、もっと大量の雑草を刈りとってきて、ねころんでも痛くないように分厚くしなくてはいけないのだ。死臭! 草どもの手や足についた肉の部分は光と風と熱とそして暗い闇によって、乾燥させられ、〈秘密〉の中に寝ころぶ僕たちを死臭で圧倒することになるだろう。

「朝鮮人らはみんな国へ帰る言うたよ。白河君は、どうして帰らんの?」

「俺は朝鮮人と違うもん」

「どうして？　どうしてブタ小屋もっとる朝鮮人は国へ帰って、白河君は帰らんの？　なんで白河君は朝鮮人とちがう？」

秀はそう訊ねた。白河君は秀の言葉に腹立ったらしく、柱を足で蹴ってから唾《つば》を吐いた。

「朝鮮人は好かん」

白河君が寝ころんだまま言った。僕たちは体中にまといついている雑草のにおいにうんざりしたように黙りこみ、時おり強い風がふいてきて栗の木や椎の梢をゆすっているのをみていた。真昼だ。僕たちをおどろかせることは具体的になにひとつおこっていない。果実の皮膚のようにつややかな真昼だ。僕はけだるくなったまま眼をとじて、白河君の言葉をゆっくりと山羊の仔のように反芻していた。鉄が僕のそばに来て、ナイフの先を使って草の密生した地面に絵を描いている。

「バクダッド号のとこで泳いだりしたらあかんと先生に怒られたん」

鉄が不意に言い、そして黙る。僕は眼をあけ、杉の先端あたりから川を越えて他の町につらなる人轢きの鉄橋と竹中の川を見た。海と川と山にはさまれたいきどまりの街だ。僕たちがおおきくなれば、いったいどこから別の街にいけばいいのか、さっぱりわからない。風が山中の雑草や木の葉をふるわせ、粉のような光をばらまきにかかった。＊＊康二はまだ子供です、と僕は思った。僕も白河君もいつまでも大嘘つきの子供でいて、最後に地獄の赤鬼に舌をひきちぎられなければ性根がなおらないのです。白河君も、僕と同じようにいつまでも性根のなおらない大嘘つきなのだろう。朝鮮人なのに朝鮮人じゃないと言い、朝鮮人を嫌う白河君は、嘘の父やんといっしょに母たちと生活する僕と同じような大嘘つきなのだ。

竹藪の中を僕たちは通りぬけ、輪三郎の小屋の裏側にでるために細い道を歩いていた。茨の枝が竹の葉の先にまで蛇のようにからみつき、僕は木の棒を杖にしてそれらをふりはらった。秀は僕の革ベルトをもち、ふりはらわれた竹や灌木が眼の中に反動でとびこまないように背中に顔をくっつける。まるで森の中にさまよいこんでしまったようだ。紫色に枯れてしまった花が草むらの中からのぞける。前を歩いていた白河君と鉄がおおきな声をあげて立ちどまり、草むらの中に走りこんでいく白い猫を指さした。

「この道をずっと行ったら猫島へ行くかもしれん」鉄が僕と秀を脅すように声をたかめて言った。「猫島言うのはな、猫がどっさり群をつくって住んどるとこ」

「あの猫は輪三郎が飼っとる猫なんやろ？」僕は鉄に訊ねた。

「ああ、輪三郎がその猫島の親分で、あいつは街から猫島に迷いこんできた子供を、みんな白い猫にしてしまうんかもしれん」

　僕たちは歩いた。なんのために、その恐しい猫島にいこうとするのかわからないまま歩いた。右手にもった木の棒で茨や竹の枝や灌木の梢をたたくたびに、それらはことごとく蛇やイモリに変身したように身をうごめかせる。ここはいったいどこなのだろうか？　草むらや木々のしげみの中にあの気違い輪三郎がひそんでいて、僕たちをみつめているのだろうか？　あいつは悪魔だ。あいつは真昼の悪魔だ。

　坂になっている道をのぼりきると、そこはちょうど僕たちが最初に想像していたように、輪三郎の小屋の裏側の、竹中の川に面した崖だった。ここから、人轢きの鉄橋も、僕たちの山も、海賊船バクダッド号もみえる。崖を背にして、鬼のような顔をした男が左手に剣をもち、右手に弓をもって、竹中の川口のほうをにらみつけている像があった。洪水でおぼれて死んだ人のためにつくった地蔵さんだろうか？　秀が男の眼のあたりを撫ぜ、そして顔のまねをした。

「は、おまえの顔はいっこも似てない。カナヅチでよう泳がん子が竹中の川をみて、泣きだしたみたいやげ」白河君が秀をからかった。「それにこいつの鼻は、雨にうたれてないようになってしもたあるんやど。まねをするんやったら、おまえのその鼻を、つぶさなあかん」白河君は秀に挑戦的な言葉を吐いた。秀は不機嫌になったまま、僕に同盟を求めるように顔をみつめてくる。僕は白河君と闘っても負けるとは思わないが、人のことで喧嘩をしたくないので、それを無視した。

崖の端にいた鉄がおおきな声をあげて、僕たちの山のほうを指さし、「〈秘密〉を輪三郎が壊《こほ》ちに行っとる」とどなった。白河君も秀も鉄の声に救われたように短かい叫びをあげて、崖の端に走りよった。輪三郎がいる。いま輪三郎は坊主頭にむぎわら帽子をかぶり、上半身裸になって白い皮膚をひからせながら、僕たちの作業場につらなる道を歩いているのだ。手にもっているのは、食べるために蛇をたたき殺す時の杖だろうか？

「こら、気違い輪三郎！」秀がおおきな声でどなり、そして不意に輪三郎にききとられるのを恐れるように低い声で、「俺らの〈秘密〉をちょっとでも壊《こほ》したりしてみ、おまえとこの小屋らめちゃめちゃにしたるど」と言った。白河君が秀のおびえをみすかしたように、わざとらしく笑い声をあげた。

僕は輪三郎の姿をみながら、不安が体中にわきおこりはじめているのを感じた。僕たちが、陣地である〈秘密〉から離れてこの蛇島の裏側にやってきた時、あの悪魔が〈秘密〉のほうにむかって歩いている。僕はいったいどこへ来てしまったのだろうか？僕は不安だ。輪三郎は立ちどまる。そして神倉山の中腹にあるばかでかいごとびき岩のほうに体をむけ、直立不動の姿勢をとる。てんのうへいかさま、かなしいことに今日も子供を一匹もつかまえられませんでした。たぶんあいつは僕たちをいけにえにするためにつかまえようとして、山中を歩きまわっているのだろう。あいつはもしかすると兄の言う大魔王かもしれない。

　風が崖にはえている草や木の枝に密生した葉どもをふるわせ、川風のにおいが僕の鼻腔にはいりこんできた。僕は白河君と秀と鉄の体をそばに感じとめたまま、体中が眼だけになってしまったように、注意ぶかく輪三郎をみつめていた。輪三郎は持っている杖で草むらをたたきながら、ゆっくりと蛇島にむかって引き返しはじめる。足音がきこえてくるみたいだ。あいつはいま、なにを考えているのだろうか？

「あんな小屋に住んどるいうのは、気違いや言うたら気違いやし、正直もんや言うたら正直もんやと、母やんらが輪三郎のことを言うとったど。そうやんで、輪三郎をてごたりしたらあかんのやと」と鉄が言った。

「あんな気違いらかまうもんか、てがいきったたらええんやよ」

　まだ不機嫌な白河君が強い声で言い、輪三郎をからかう歌をうたった。「用心せなんだら、あいつは、俺らが学校へ行っとる間に〈秘密〉を壊《こぼ》って、みんなたき木にしてしまうかわからんのやど」

　その崖の端からはっきりと僕たちの〈秘密〉がみえた。最初、僕は壁に使った杉や椿の枝にだまされ、瞬時に〈秘密〉をみわけることができなかったが、鉄に言われて、やっと高い杉の木を主柱にした塔のような〈秘密〉をみつけた。それは山と空とに描いた、僕たちのだまし絵なのだ。

いま僕たちの〈秘密〉は五月のさらさらした涙のような光をうけて、山の頂上に建っている。たぶん壁に使った一万本の切断された木の腕は、指を風にうごめかせて、僕たち子供のもつ残忍な暴力に耐えているのだ。痛いです、許してください、救けてください、康二さん、康二さん、白河さん、秀さん、鉄さん、それはうけ皿にたまった光を、床にこぼした時の音のような、葉ずれの音だ。僕は上機嫌になったまま〈秘密〉をみつめていた。堂々と、静かに建っている。あとは天井にとりつけるブリキ板だけだ。もし白河君がブタ小屋からブリキ板をはがしてこれなかったら、白河君と同じように僕もこっそりと、兄の家の物置小屋のすこしさびついたブリキ板を、ひきはがしてこようと思った。それでやっとあの〈秘密〉は完成する。

「さっきまであそこにおって、つくっとった俺らがよう見やんなわからんのに、あの阿呆の気違い輪三郎が、〈秘密〉を壊《こぼ》とおもても、よう壊《こぼ》たんわい」僕は笑いながら言った。

山

兄が死んだ。朝、僕は仲間たちと山学校する約束があったので、いそいで朝食をたべている時、姉とヒロポン中毒が体をふるわせながらとびこんできた。姉は台所にはいってくるなり「母やん！」とどなり、朝の光をうけたまま朝食をたべつづけている僕をおどろかせた。母は姉の叫ぶ声をきいただけでみんなわかったように、顔を苦しげにゆがめている姉の体を抱き、そして二人で犬のうめくような声をだして泣きはじめた。

「兄やんがくび、つったんよ……」

姉が泣きながら言った。子供のようにおおきな声をあげて泣きはじめている母をみながら、僕は食事を中断した。ヒロポン中毒も涙を流し、まぶたを脹れあがらせている。いったいなにがおこったのか、僕にはわからなかった。兄が首をつって、死んだと言うのだ。ガラス窓をとおしてはいりこんでくる光が、僕の顔を眩しく照らしている。立って抱きあったまま泣きつづけている二人の体が、炊事場に置いてある水屋にあたり、茶わんや皿の裂けるような音がひびく。

「兄やんが昨日おかしなこと言うとるおもたさか、虫の知らせかもしらんけど、朝、仕事場へいくついでに寄ってみたらの、柿の木に、首つって、ぶらさがっとったん。子供のころからずっと朋輩やった兄やんがやで、首つっとるんや」

　ヒロポン中毒はそう言うと顔をしかめ歯をくいしばるようにして涙を流し、「つらいよ、俺はつらいよ」と言って首をふった。酒のみの、いつも家にやってきて母や僕をこまらせる兄が死んだのだ。僕は涙を流しつづけている母や姉やヒロポン中毒を茫然としてみつめ、体の奥のほうからはいあがってくる不安を感じとめた。「どしてよ、なんにも悪いことせんのに、どしてよ」母が泣いている姉にむかって低い喉の奥でつぶれた涙声で言い、そして光のあたっている畳の上に姉をかばうようにして、二人で尻もちをついた。なぜみんな泣くのだろうか？　まるでみんな泣くことしか知らないように泣きつづけている。


　兄の体は白い布をかぶせた柩《ひつぎ》の中にいれられて、僕たちの家に運ばれてきた。午前八時半、ちょうどほんとうの学校では朝礼のある時間だ。嘘の学校である山学校に、僕はすこし遅れていこう。

　僕の家に次《つ》ぎつぎと野田町や春日町の人がやってきて、泣いて帰る。兄はねずみ色に変色した顔を天井にむけ、組んだ手を胸の上において、菊の花のはいった柩の中で眠り呆けている。死んでいるのだろうか？　なぜ昨日まで生きていたのに、今日の朝になると死んで動かなくなっているのだろうか？　なぜみんなは兄が生きている時に泣いたりしなかったのに、動かなくなり無言のまま変色した兄になると、急に泣きだしたりするのだろうか？　僕は全然悲しくないし、首をつって死んだからと言って泣いたりなんかしない。「嫁さんももらわんと、母やんがよその男と夫婦なったと言うて、アル中みたいに酒ばっかり飲みいやったさかの、あかんよ」姉はヒロポン中毒に体をもたせかけるように坐り、柩の中によこたわっている兄にはなしかけた。涙を流しつづけているため息苦しくなったように頭をふり、髪をゆすらせた。「あかん、あかん、こんなんはあかんよ」

でもどうしたのだろうか、なにがおこったと言うのだろうか？　兄は自分のズボンにはめている革バンドを抜きとり、そしてそれで頭部が楽にはいるくらいの輪をつくる、は、は、は、は、世界よ、母やんよ、ミチコよ、康二よ、さようなら、空が次第に明けはじめている、兄は革バンドの先端部をノキシノブが巣くっている柿の木の太い梢にむすびつける、失敗するとおもしろくないので全体重がかかってもはずれないように、もういちど革バンドを点検する、＊＊コウイチヨ、ワタシノチュウジツナブカヨ、ワタシハ海ニスム魔術師・大魔王ダ、サア、オマエハセキニンヲトルタメニ、ホントウニクビヲククルノダ、Ｏ・Ｋ、兄は革バンドの輪の中に頭を入れ、首のまわりにぴったりとくっつくように操作する、兄はダイビングする、そして何秒か何十秒か何分か後に眠りのような死……、僕にはわからない。母は和服に着がえ、仏壇と柩の横に坐り、みんなの顔を放心したようにみつめていた。古座から漁師の伯父たち△△康一郎や△△康次郎たちがやってくるのだろうか？　風が外からはいってきて、柩にかぶせてある布をひらひらゆすっている。兄は黙りこんだまま、眼をつむっている。なんにもわからないのだろうか？　ヒロポン中毒が兄の顔の部分に白いやわらかい布をかぶせて、兄が死んだまま突然眼をあけても、みんなが驚かないようにした。

ペストを抱いて、僕はかばんをもたずに堂々と山学校するために、僕たちの山にむかって歩いた。誰も今日は僕をとがめることはできない。腕の中で動かずに抱かれたままのペストの体温を感じとりながら、朝鮮部落のブタ小屋のそばを息をつめて通りぬけた。山道をのぼった。急な、皮膚をめくられたように赤茶色い土の坂をのぼるために、顔がペストの体に触れると、そのたびにペストは舌でなめにかかる。僕はこの犬がおおきくなって産んだ仔を、誰が反対しようと全部家で飼ってやるのだ。そうして、家は、母が心配するようにペストを頭とする犬の集団によって占領される。僕は灌木種の枝を右手でにぎったまま、ふりかえって、僕の家をさがした。僕の家の物置小屋と改装したばかりの風呂場がみえ、それらの屋根がまあたらしく黒くひかっている。兄はあの家の中で眼をとじ、黙っているのだ。

風が頂上にある僕たちの〈秘密〉のほうからふいてきて、茫然としたまま立っている僕の体のまわりの草をゆすっている。眼がかすんできて、眼球の後のほうからぬくい涙が流れだしてきた。嘘だ、みんなことごとく嘘だ。立ったまま家のほうをみながら涙を流している僕の胸の中で、ペストは体をねじり、尻尾をふり、腹をふるえさせる。

僕はふたたび山の頂上めがけてのぼりはじめた。五月の朝の光が、僕の眼にまぶしい。ペストを腕の中に抱いているために、僕は呼吸が苦しく、口をあけて息をしながら坂道を歩いた。ポスナちゃんは兄やんにアメリカ人みたいにキッスをしてくれた、と言っとった兄やんが首つって、死んだ。それははずかしいことだ。茨の棘が僕の上衣のそでにひっかかる。力いっぱい僕は腕をふり、乱暴にそれをはずした。

首をつって自殺をするということははずかしいことだ。このことは得意になって仲間たちにはなすことがらではない。僕はペストを草むらの上に置き、それから眼にくっついている涙を腕でこすりとり、口笛を吹きながら作業場のほうにむかってゆっくりと歩いた。僕はまだ依然として子供なのだ。白河君と秀と鉄がそこにいて、輪三郎の小屋を襲撃するために武器の準備をしていた。

「竹槍をようさんつくっといて、あいつが追いかけてきたら、これを投げたるんやげ。

〈秘密〉の中にいれとくんやよ」

「ぐさっと眼につきささったら、あの気違い輪三郎はぎゃあぎゃあ泣きししるど。あいつは、冬ごろね、俺がしかけたこぶちにかかった小鳥を、みんな盗んで喰たんやさか、眼の二つや三つ潰される罪があるんやよ」

僕は秀の横に坐り〈秘密〉の周囲を歩きまわっているペストをみながら、輪三郎が竹槍で眼をつかれて泣き騒いでいる姿を想像し、笑い声をたてた。みんなの眼をつぶしてしまえ。

「白河君、ブリキ板をブタ小屋からはがしてこなんだん？」僕は訊ねた。

「うん、はがしてこなんだ」

「今日、屋根をつくるんやったやろ？　ブリキ板なかったら、雨の日はここで遊べんように〈秘密〉の中はびしょびしょになるやろ？」

「そんなこと言うても簡単にはがせんもん」

「そうやけど、白河君は自分で朝鮮らのブタ小屋からブリキ板をはがしてきたる、言うたやろ？　はがしても、白河君やったら怒られせんと自分で言うたやろ？」

「しようないよ、康二の考えとるみたいに簡単にいくもんか」

僕は白河君の言葉をききながら、むしょうに腹が立ってきた。こいつは僕らを嘘でだました。僕は白河君の顔をにらみつけ、それからチョーセン、チョーセン、パカニスルナと言ってやろうと思っていた。

「嘘つき白河！」

「しようあるもんか、糞嘘つき康二！」

僕と白河君はにらみあった。秀と鉄が僕たち二人の顔をみている。ペストがおそるおそる〈秘密〉の中にはいっていこうとしている。馬鹿みたいに、間の抜けた〈秘密〉だ。不意に竹中の川のほうから風がわきおこって、山中の木や草の葉を騒々しく音をたてて作業場にも走ってくる。愚劣なことだ、と僕は次第に弛緩する怒りを感じとめながら思った。僕の嘘つきがまだ子供だからしようがないように、白河君の嘘つきもしようがないんだ。子供がおおきくなるのには嘘の生活以外になにがあるか？僕も白河君もまだまだ子供なのだ。


僕たちの〈秘密〉は静かに壁の葉を風にふるわせていた。午前十時半、竹中の川のむこうの鵜殿のパルプ工場がサイレンを鳴らした。僕らは白河君がブリキ板をブタ小屋からはぎとってこなかったので、なんにもすることがなく、怠惰な動物のように草むらの上にねころんでいた。風が竹中の川のほうからふいてきて、光と音を僕の体の上にばらまいて、無表情に通過する。子供のころから朋輩やった兄やんがやで、首つっとるんや、つらいよ、俺はつらいよ。

涙がふたたび眼球の奥から流れだし、まぶたの裏からあふれ、眼尻をつたって耳の穴のほうにゆっくりと流れおちた。なにかが裂けて、それがぬくい涙になって体の外に出てくるのだ。

僕はあおむけのまますすきの葉を手でつかみ、それを強くひっぱりながら起きあがろうとした。焼かれるように熱い痛みが体におこる。僕は手をみた。てのひらの、すすきの葉刃で切った部分から、赤い血がにじみだしてくる。くすぐったい痛みを感じながら赤い雨粒のようにもりあがる血をみつめ、それからゆっくりと僕は立ちあがった。

ペストを口笛で呼びながら、僕は蛇島のほうにむかって走った。

「康二、輪三郎とこへ石投げて、からかってくるんか?」白河君が僕にそう訊ね、そしてみんな僕の後について走ってこようとする。みんな裂けてしまえ、と僕は耳のそばで鳴る風の音をききながら思った。空も裂けてしまえ、海も裂けてしまえ、山も〈秘密〉も裂けてしまえ、＊＊康二もペストも竹中の川も死んだ兄も、僕の眼にちかちかはいってくる光もことごとく裂けてしまえ！　僕の頭髪が風にゆれている、僕は走っている、胸のあたりで心臓がはげしい音をたてているのがわかる、僕は苦しい、僕は苦しい、呼吸が苦しい、走りにくい、眼がかすんでくる、邪魔をするな、僕の疾走の行手をさえぎるものは、ことごとくうちほろぼしてやる、僕は翔べ、僕は翔べ、飛行機のように走っているのだから、翔びあがれ！

僕は、転んでしまった。右足のひざのあたりが鈍い痛みをはらんでいる。白河君たちが僕に追いつき、肩で息をしながら僕の顔をのぞきこみ、「どしたんな？」と訊ねた。どうしたと言うのだろうか？　僕は首をふってから笑い顔をつくり、自分自身に言うように「どうもせん」とぶっきらぼうに言った。ペストが、草むらの上に坐りこんでしまっている僕の体に、はいあがってこようとした。白河君たちは、ペストに顔をなめられている僕の表情がおかしいと、高い声で笑った。

「輪三郎とこへ行って、また石をぶつけたてこうか？」

秀が提案し、そして僕たちは賛成した。僕は大人っぽく両手をはたき、転んだときにくっついた草の葉や土をはらい落した。風が山の頂上にいる僕たちをおどろかすように、強くふき、山中に騒々しく音楽をならせる。突然、楠の木の梢が身をくねらせ、光の粉をまといつけて白くひかる葉裏をふるわせ、嘲笑《あざわら》いはじめる。なんにも僕は知らないのだ、嘲《わら》え、嘲え、僕ははずかしく死んだ兄の唯一の弟だ、音楽はなかなかなりやまない。

草や茨やぐみの木や、椎の木の葉どもがたてる嘲笑いの渦の中を、僕たち偽もののインディアンは、時々雄叫びをあげながら輪三郎の小屋にむかった。

「あいつの眠っとる間に、小屋のまわりにわらをつつんで、火、つけたろか？」

「あいつは小屋の中で、ぎゃあぎゃあ泣きししりながら、焼け死ぬど」

「そうやけど、おまえ、マッチもってきたんか？」僕が白河君に訊ねた。白河君は、おまえ、と言われたのを気にするように僕の顔をみ、「あったりまえやげ」と言った。「あったりまえに輪三郎はぼうぼう燃える」秀がうたうように言い、僕たちはそれに触発されたように笑い声をあげた。そうだ、そして、あったりまえにこの山に火は広がり、街中を焼く。僕は高い笑い声をだしてから、インディアンの雄叫びのまねをし、上機嫌のまま蛇島にむかって歩いた。その時はじめて、どこまでがほんとうでどこからが嘘かわからなくなる。

僕は体中に笑いのにこ毛をはやしているように、ただ笑っていた。ちりちりと音をたてて枯草に火がつく。白い透明な火はまだ生きていた青い草の葉や木の枝を、熱さで身をよじらせることになる。風が竹中の川のほうよりふきあがってきて、山中に信号をおくる。それは音楽だ。たいへんだ、たいへんだ、＊＊康二や白河君たちが輪三郎の小屋に火をつけたぞ。草どもや杉の木どもや蛇どもや小鳥どもは、風の伝令をうけとって口々に叫び、火が自分に移らないようにあわてて逃げようとするだろう。だが足を地中深くうずめてしまっているせんだんの木や杉の木や草どもは、走って逃げようと思っても逃げられない。火は風と山中の生き物が叫びたてる声をきくと、急にいきおいよく輪三郎の小屋を燃やしてしまおうとその手をのばす。輪三郎は眠りつづけて、夢をみている。ああ、神さま、体がほんとうに熱いです。そして、ついに、輪三郎は眠りながら焼け死んでしまう。

でも僕は、いつまでも賢い子供でいなければいけないのだから、輪三郎の小屋から燃えひろがった火が山に移って、僕の家のほうへいこうとするようなら、この遊びをやめることをみんなに説得するだろう。僕は上機嫌のまま口笛を吹き、走り寄ってきたペストを腕の中に抱きあげた。僕はまだまだなにも知らないように、みんなと〈秘密〉づくりや海賊ごっこを楽しんでいなければならない大嘘つきの子供なんだ。嘘つきの子供たちだけの手でつくった嘘うそしい〈秘密〉に、僕らは熱中するのだ。僕はそう考えて、やさしく僕自身を笑ってみた。風がいっそう強くふきはじめ、山中の木々や草どもをうごめかせた。そして、あったりまえに輪三郎はぼうぼう燃える。

十九歳の地図

　部屋の中は窓も入口の扉もしめきられているのに奇妙に寒くて、このままにしているとぼくの体のなにからなにまで凍えてしまう気がした。ぼくはうつぶせになって机の上に置いてある物理のノートに書いた地図に×印をつけた。いま×印をつけた家には庭に貧血ぎみの赤いサルビアの花が植えられており、一度集金にいったとき、その家の女がでてくるのがおそかったので、ぼくは花を真上から踏みつけすりつぶした。道をまっすぐいった先に、バラック建てがそのまま老い朽ちたようなつぎはぎした板が白くみえる家で、老婆が頭にかさぶたをつくったやせた子供をつれてでこぼこの土間にでてきた時も、ぼくは胸がむかつき、古井戸のそばになれなれしく近よった褐色のふとった犬の腹を思いきり蹴ってやった。しかしぼくはバラックの家には×をつけなかった。それが唯一のぼくの施しだと思えばよい。貧乏や、貧乏人などみるのもいやだ。次の×印は、スナック《ナイジェリア》だった。体が寒さのためにふるえてきた。十月の終りだというのにめちゃくちゃだと思った。季節も部屋もそしてこのぼくも、あぶなっかしいところにいてバランスをとりそこねているサーカスの綱渡り芸人のようにふらふらし、綱がぷっつりと断ち切れて、いまにも眩暈《めまい》を感じながらとりかえしのつかないところにおちてしまいそうな状態だった。部屋の壁によせてまるめてある垢《あか》と寝汗とそして精液でしっけたふとんに体をのせてマンガ本をよんでいた男が、力のない鼻にぬける笑い声をたてた。ぼくは男に知られてはまずいと思って丁寧に三度も清書した地図の頁をとじ、予備校でノートをとった部分をひらいた。

「さあ、彼女のところにでも、ごきげんうかがいの電話でもかけてやっか」

「寒すぎるなあ、この部屋」ぼくは肩に力をこめてすぼめてみせた。男は立ちあがり、のろのろした仕種《しぐさ》で外にはみだしているどぶねずみ色のシャツのすそを、折目の消えたしわだらけのズボンの中につっこんだ。「あのさあ」男はそうすればまんざらでもないといったふうに胸をそらして顔をあげ、ハンガーにぶらさがった茶色のジャンパアに手をかけた。「前のラーメン屋から来たら払っといてくれないか」

「ヒフティ、ヒフティだからな」

「そう固いこちこちなこと言わんと。待っててくれと言ってくれてもいいけど」男の眼はやわらかく笑っている。「金がはいるかもしれないんだよ、思わん金」男はそう言ってジャンパアを着た。「いや、そんなこと言うとあの人に悪いな、あの人は聖者みたいな人なんだ、あの人は不幸のどん底、人間の出あうすべての不幸を経験して、悲惨という悲惨を味わい、いまでもまだ不幸なんだ」男の口調は俳優のそれのようだった。「それでいつも電話するんだよ、ああ救《たす》けてください、このままだとぼくは自分で自分を殺してしまいます、ああ、ぼくを引きあげてください、このままだとぼくは死のほうへずるずるおちていきます、彼女はぼくのほんとうのマリアさまだ、キリスト教のマリアがうぶ毛が金色にひかる金むくなら、ぼくのマリアさまは、元の皮膚がわからないほどじくじく膿《うみ》がでるできものやかさぶただらけのマリアさまだ。この世界にあの人がいて、まだ苦しんでいる、そのことだけでぼくは死のほうへ、ににんがし、にさんがろく、のほうへすべりおちるのをくいとめているんだ」

「もういいよ、何回そのことを言ってるんだよ、前から思わぬ金がはいってくるって言ってて、全然入らないくせに」

「いや、はいってくる、きっと。そのときまとめて返すから」

「かさぶただらけのマリアさまをだましてだろ。おまえなんかに人がだませるもんか」

「たぬきだってできるんだって言いたいけど、ほんとうはぼくもだませるなんて思ってないんだ。人をだませたらこんなところにころがりこんでいないけどな」男は弱々しく鼻に抜ける笑い方をする。部屋の畳《たたみ》の上に散らかったヒトデの形のみかんの皮や週刊誌、それにいつのまにか増えてくるおぞましい新聞紙をふみつけ、ぼくの机の上の予備校のテキストや文庫本をみ、ふんといったふうに目をそらし、「たのむよお」と男は言った。ぼくはこの男のことにかかわりあいたくないと思い、返事をしなかった。

男が部屋を出ていったあと、ぼくはしばらく呆けてしまったように地図をつくることもしなかった。どぶねずみ色のシャツをいつもきている紺野という名前の三十すぎの男とぼくは同室で、毎朝毎晩顔をあわせていた。それだけでうんざりだった。一人で部屋を借りてすむことができればどんなによいだろうか。ぼくは十九歳だった。予備校生だった。他の予備校生のように仕事をしてかせぐ必要もなく、一日中自分だけの部屋にいて自分だけの自由な時間があればどんなによいだろうか。絶望だ、ぜつぼうだ、希望など、この生活の中にはひとかけらもない、ぼくは紺野の笑いをまねしてグスっと鼻に抜ける声をたてた。ぼくは壁にまるめたふとんに背をもたせかけて坐り、手を思いっきり上にあげて欠伸《あくび》をした。腹がくちくなり眼がとろんとなるほどぼくを充分に満足させるものはなにひとつない。快楽の時間だってそうだ。いつもだれかにみられ嘲笑《あざわら》われているように感じるし、不意に扉がひらかれて人がはいりこんできそうな感じになる。このぼくに自分だけのにおいのしみこんだ草の葉や茎や藁屑《わらくず》の巣のようなものはない。ない、ない、なんにもない。金もないし、立派な精神もない、あるのはたったひとつぬめぬめした精液を放出するこの性器だけだ。ぼくは新聞配達の人間だけが集まってすんでいる寮の横の、柿の木のあるアパートにいるしょっちゅう亭主と喧嘩《けんか》ばかりしている三十すぎのカンのきつそうな女の、すこし肥《ふと》りぎみの顔を思いうかべた。子供は栄養失調のようにやせほそり、犬のように人にくっついて歩いてい、女の声は夕方になるときまってきこえた。「ふざけんじゃないよ」それが女の口ぐせだった。「甲斐性があるんだったら、やりやがれえ、殺すんだったらころせえ、てめえみたいなぐうたらになめられてたまるか、いつやったんだよ、いつからやったんだよ、あたしはだまされるのがきらいなんだ、てめえ碌《ろく》なかせぎもないくせに、女房の口さえくわすことができないくせに、よくそんなことやれたもんだ、立派だよ、あんたはりっぱ、そのうちこの二丁目の角に銅像がたつよ」不意に涙声になり、犬の遠吠のようなすすり泣きの声がたかくひびく。硝子《ガラス》の壊れる音がし、獣が威嚇《いかく》するときたてる唸《うな》り声のような男の意味のはっきりしない太く低い声がきこえる。女の泣き声は奇妙にエロチックだった。もしぼくが子供のときこのような争いがあり、母親がすすり泣きをはじめたとしたら、きっと不安でたまらずなにもかもめちゃくちゃに破壊してやりたいという衝動にとらわれ、うずいただろうが、十九歳の大人の体をもつぼくは、それを煽情《せんじよう》的なものと思って、きまって自瀆《じとく》し、放出した精液で下着をべたべたにした。ぼくの快楽の時。ぼくは、電話をかけて女を脅迫し、顔にストッキングで覆面をして女を犯した。ぼくは一度引き抜き、生活につかれて黒ずみ、荒れはてた

女の性器を指でひろげて一部始終くわしく点検し、また女を乱暴におかす。悲鳴をあ

げようと救けてくれと言おうと、情容赦《なさけようしや》などいらない。けだもの。人非人《にんぴにん》。そうだ、

ぼくは人非人だ、何人この手で女を犯しただろうか、なん人この手で子供の柔らかい

鳩《はと》のような骨の首をしめ殺したろうか。

外から光は入ってこなかった。しめきった窓のくもり硝子が水っぽくあかるく、そ

れを通してぼくと紺野にわりふられた共同部屋の、新聞紙と芸能週刊誌と食い散らし

たもののかすで埋まった室内が映しだされていた。けだるいまま精液のぬめりの残っ

ている性器をしまいこみ、ジッパアをひきあげて立ちあがり、ぼくは地図帖のサルビ

アの花のある家に×印をもうひとつつけた。この地区一帯はぼくの支配下にある。こ

れでもうこの家は実際の刑罰をうけることになった。爆破されようが、一家全員惨殺《ざんさつ》

されようが、その責任は執行人のぼくにあるのではなくこの家の住人にあるのだ。

セーターをもう一枚着こみ、きゅっきゅっと歩くたびに音をたてる廊下のつきあた

りの、弁がこわれてしまったために水が流れっぱなしの便所横の階段をおりて、外に

出た。ぼくは前のラーメン屋の角にある公衆電話のボックスに入り、十円玉をいれて

ダイアルをまわした。三回呼出し音がつづき、女の声がでた。ぼくは黙っていた。

「もしもし、もしもし、白井ですが」女は言った。「もしもし」女はまちがい電話だと

思ったらしく、そのまま切ってしまった。ぼくは深く息をひとつ吸い、あらたに十円

玉をいれて、またダイアルをまわした。「はい、白井ですが……」と女は電話を待ちかまえていたようにあきらかによそゆきにつくった声をだした。「もしもし、どちらさまでしょうか?」ぼくは女の声に誘いこまれるように、低くぼそぼそとした声で、「もしもし」と言い、後なにを言っていいのかわからなくなった。「あのう、どちらさまでしょうか?」女は訊《き》き、ぼくが答えないでいると「へんねえ……」と一人言をつぶやいて、切ってしまった。ぼくはその女のけげんそうな声を耳の中にとどめたまま、不意に体の中のほうから猛った感情がわきあがってくるのを知り、もう一度十円玉を入れてダイアルをまわした。女が受話器をとったとき、ぼくは女の声の応答をまたず、「きさまのとこは三重×だからな、覚悟しろ」と押殺した声で言った。「なにをされても文句などいえないのだからな、犬のようにたたき殺されて皮を剝《は》がされても、泣き言はいうな」ぼくは女の声を無視してそれだけ言うと受話器を放りすてるようにおいた。声にならなかった言葉の群がぼくの喉首《のどくび》のあたりによく繫った枝のように重なりあって、つまり、ぼくはその言葉の群を吐きだすこともできず、ただヒステリックな高笑いをした。体の中にインスタントのソーダ水のようなぱちぱちとはぜる笑いのあぶくを抱きながら、その家の近くへ電話の効果をみとどけるために歩いて行ってみようとぼくは思った。午後の光が塩素のようなにおいをたてて車が走り抜ける大通り裏の建物や空気をよごしていた。歩道に台をおき松やいびつに歪んだ楓《かえで》の盆栽を並べて光をあてている畳屋の店先で、ぼくは歩くのをやめ、ばかばかしくなってひきかえした。ひとりで興奮して喜んだって、ほんとうはなんにも変りゃあしない。畳屋は畳をつくっているし、肉屋は皮を剝いだ太股からすこしでもよけいに肉をそぎとろうと包丁をもってためつすがめつやっている。なにも変りゃあしない。ぼくは不快だった。この唯一者のぼくがどうあがいたって、なにをやったって、新聞配達の少年という社会的身分であり、それによってこのぼくが決定されていることが、たまらなかった。他人は、善意の施しを隙あらば与えてやろうと手ぐすねひいている大人は、君は予備校生ではないか、と言うだろう。そうだ、ぼくは予備校生でもある。隙あらば（この言葉がぼくの気に入り）なにものかになってやろう、と思っている者だ。しかしぼくがなにになれると言うのか。なれるのは、そんじょそこいらに掃いて捨てるほどいる学生さんだ。四年間遊び呆けるか、ゼンガクレンに入って殺すの殺されるのとまともに働いてきている人間だったらきくにたえない痴話喧嘩のような言葉を吐きあい、けろっとして一流会社に入るかだ。一流じゃなくたって、そいつらは、雨にもぬれず冬は暖房夏は冷房、髪を七三にわけてネクタイをしめ、給料もらって食っていく。まっぴらごめんだ。弱々しく愛想笑いをつくり、小声で愚痴《ぐち》を言いながら世の中をわたっていく連中の仲間入りなんて、虫酸《むしず》がはしる。可能性があると大人は言いつのるだろう。笑わせちゃあいけない、階級ひとつとびこえて、雨にもぬれず風にもさらされず東のほうに貧しい人がいればああかわいそうだなと同情してやる身分になれるということだろう。それともその可能性というのは、なに不自由なしに三度三度あれもいやこれもいやと言ってだだをこねて飯をくってきた若者が、馬鹿づらしてつくった気球にのって空にとぶとか、太平洋を一人ヨットで横断するたぐいの、世の中の功成り名とげた腹のつきでた連中の衰弱しきった水ぶとりの感傷によって望まれるたぐいのものだ。可能性なんかありゃしない。ぼくは肩に力をこめ、寒さに抗《あらが》いながら、ねずみ色の踵《かかと》のつぶれてしまったバックスキンの靴をぬいでぎしぎし鳴る階段をのぼり、部屋に戻った。夕刊の配達に出かけるには二時間の猶予《ゆうよ》があった。部屋の中にこもったしっけたふとんのにおいが不快だった。あの男とぼくが整理《せいり》整頓《せいとん》とは縁遠いごみくずの上で新聞紙をふとんがわりにしてねたって平気な性格からなのだろうが、共同部屋はあきれかえるほどに乱雑に新聞紙が散らかり、マンガ週刊誌が放りっぱなしにされ、灰皿がひっくり返っていた。それと対照的にうすく動物の模様のしみがついた壁はがらんと寒々として、となりのやはり「新聞少年」の入った部屋としきられていた。壁に〈シシリアン〉のポスターが貼ってあった。

　ぼくの配達の受け持ち区域は繁華街のはずれの住宅地だった。そこは奇妙なところでばかでかい家があると思うと、いきなりいまにも強い風が吹くと柱がたおれてマッチ箱がつぶれるように壊れそうなつぎはぎだらけの家があった。スナックやバーがあるかと思えば朝はやくからモーターをまわしてパタンパタンと機械の音がひびく印刷工場があった。そこはこうじょうではなくこうばの感じだった。ぼくは自転車を使わずに、走って配っていた。ぼくは荒い息を吐きながら走っているぼく自身が好きで、左脇にかかえたインキのにおいとあったかみのある新聞の束から手ばやく一部抜きとり、玄関があいているときはそのまま紙ヒコーキをとばすぐあいにほうりこみ、郵便受けがあるときはそれを軽く四つに折ってつっこんだ。玄関がとざされているときは、戸のわずかな隙間に、新聞の背のほうからさしこみ、その家の住人が鍵をあけ戸をあけた途端ひっかかっていた新聞紙がいま送りとどけられたと音をたてておちるように工夫した。アパートの中に配達するのが一番苦手だった。アパートでもそれぞれの部屋が玄関つきの場合はまだよかった。玄関がひとつで廊下になっている場合、靴をぬいで眠りこんでいる人間たちをおこさないよう足音ひそめて歩き新聞を入れなくてはいけないので、普通の家に配るより三倍ほどわずらわしく時間がかかった。そしてきまって換気の悪いじめじめしてくらい廊下にこもっている食いものともごみのものともつかないにおいがいやだった。廊下においてある子供用の三輪車にけつまずき、臑《すね》をうちつけたこともあった。ぼくはみどり荘の便所で小便した。そこでぼくはいつも日課のようにやるのだった。すると男がやってきて、ぼくのとなりに並んで立ち、

「ごくろうさんだなあ」と言った。「もうおきたんですか、はやいですね」ぼくが挨拶に困ってお世辞のつもりで言うと、男は陶器に音させてはげしく放尿しながら、「いやあ、いまな、きりあげてきたんだよ。今日という今日はいろんな人間がいるもんだって感心したよ。熱海まで行ってとんぼ返りに戻ってくれって言うんだから。やっとねかせてもらうんだ」と言い、眼をとじ、パジャマの襟《えり》が顎《あご》にあたるのがくすぐったいらしく顔をふった。「極楽だなあ、まあ水揚げも悪くなかったし、ああ、ごくらく」ぼくはみどり荘の玄関横の便所を出、靴をつっかけ、朝がはじまり空が深く輝くような青に変りはじめた外に出てまたかけだした。ぼくはたった一人で自分の吐く息の音をききながら走りつづけていた。朝、この街を、非情で邪悪なものがかけまわる。この街にすむ善人はそんなことも知らず、骨も肉もとろけるほど甘い眠りをむさぼっている。犬が坂をのぼってキャバレーのウェイトレス募集のビラをべたべたはった電柱の脇で、ポリバケツをひっくり返し、食いものをあさっていた。茶色の犬はぼくが近づくと歯を剝《む》きだしにしてうなり逃げだそうともしなかった。ぼくは走るのをやめ、四つんばいになり、ぐわあと喉の奥でしぼりあげた威嚇の声をあげた。犬は尻尾を後脚の間に入れ、背後から近づこうとしたぼくに顔をねじって唸りつづけ、ちょっとでも自分に触れれば嚙《か》みちぎってやるというかまえだった。ぼくは立ちあがった。ぼくは犬ではなく、人間の姿に戻り、それでもまだ犬のように四つんばいになって犬の精神と対峙《たいじ》していたい気がしていた。犬の精神、それはまともに相手にしてもよい充分な資格をもっている気がした。この街を、犬の精神がかけめぐる。

高山梨一郎、この家は二回×印がついていた。門柱の横に郵便受けがとりつけられてあり、その中に軽く四つに折った新聞紙を入れようとして、ささくれた角で、一面の国会解散と印刷した部分を破いてしまった。これで×印がひとつふえた。ぜいたくな家にすみやがって。庭の中にけやきの大きな木が、空にむかって逆に根をはったように枝をひろげていた。そのとなりのアパートにはぼくの配っている新聞をよんでいる人間が二人いた。一人は学生か予備校生らしかった。あとの一人は、工員かそれともいまにも倒産しそうな月給の安い会社のサラリーマンらしかった。いや、スポーツ新聞を読んでいるからといって、そうきめつけるのはよくないかもしれないが、ぼくはそのうだつのあがらないよれよれのしみのついたズボンと茶色のちいさいジャケットをき、いつもきちっとボタンをはめている気の弱そうな三十すぎの男を、この街の人間の中で一等好感をもっていた。あわれな感じが気にいっていた。しかしこういう男ほど女にもてるのだ。この男は紺野となんとなしに似ていた。そのアパートの埃《ほこ》りのつもった階段を靴をぬいであがろうとして面倒くさくなり、他の新聞配達のように階段のあがりはなに、新聞をおいた。そしてぼくはまるで新聞紙が爆弾となって破裂するとでもいったふうにあわてて走り出、白みはじめた外の霧の粒が鼻の穴や頬《ほお》につめたくあたるのを感じながら次の、佐々木剛の家にむかって走った。新聞の束は半分ほどに減り軽くなっている。雀《すずめ》が羽根をひろげてブロック塀からまいおり、歩きまわる。もう五時をすぎたのだろうか。後藤光太郎後援会と看板のかかったふとん屋の角から、若い男二人と女が一人、寒さに抗うためか女をまん中にして三人で腕を組んで歩いてきた。左側の男がおおきな声でしゃべり、女と右側の男が笑った。その男はぼくが近づくのを待っていたように、「よお、新聞屋」と声をかけた。「一部いくらで売ってくれる？」

「百円」ぼくは気はずかしさが消えはじめるのを感じながら、ふっかけてやった。

「百円？　週刊誌なみじゃないか、五十円にしろよ」

「いやだね、百円でいやだったら駅の売店で買いなよ、だけどいますぐ買えないよ、七時半ごろまで立ってまたなくちゃいけない」

　女はあきれたというふうにぼくの顔をみていた。「やめよう、やめよう、どうせ新聞になんかなんにものっちゃいないさ。こんなガキに足元をみすかされるなんてくだらねえよ」パーマをかけた右側のバーテンダーのような男が言った。左側の口髭《くちひげ》の男がぼくの顔をみつめ、「いいよ、この際だから買ってやるよ」と言い、ズボンのポケットから百円玉をとりだした。

ぼくは予備校生だったが、予備校にほとんど行かなかった。ぼくは日中ほとんど光が入ってこない部屋の中にいて、ただ思いついたように日本史を読んだり、高校時代にならった数学の教科書の単純な公式を用いて問題を解いたりしてすごした。マンガをみたり、それから時たまくだらない推理小説を読んだりした。新聞はほとんど読まなかった。だから部屋の中に散らかった新聞紙は紺野の読んだものだ。紺野は新聞を読みながら涙をながしたりした。子供が野原にすてられ、腹をすかして泣いているのを発見されたという記事などあるともういけない。紺野はおお、おおと関西なまりの声を出して涙ぐむ。「かわいそうだなあ、こんなことまでしなくちゃいかん親の、その鬼にしたこころはどんなんやろかなあ、つらいなあ、すてられた子供はまだしあわせだ、親はこれから一生、ああゆるしてください、苦しいにつけたのしいにつけ言いつづけんならん」紺野はそう涙声を出した舌の根もかわかぬうちに、すぐに金を手にいれるにはどんな商売をするよりも、女をだますにかぎるととくとぼくにその手《て》練手《れんて》管《くだ》をかたりはじめる。紺野のはなしはいつもその時によって変った。紺野がこの部屋にきたとき、店主はぼくに、ある大きな会社に勤めていたがそこでちょっと事故があって体をわるくしてここに来たと彼の経歴を説明した。店主は、どうせ碌なことをやってきた男ではないと思っているらしかったが、苦労してきた人ですから、よくお世話をしてあげなさい、とぼくに言った。しかし紺野は大きな会社などに勤めたことはない、と言った。大学を出るとすぐ親の跡をついでおもちゃ製造をはじめたが、不況で倒産してここに来たと言った。次にはなしたときは不動産の業界紙の記者をやっていたと言った。となりの部屋にいる斎藤は紺野のことを、先天的なうそつきで、自分でだっていったいなにをやってきたか、いまなにをやっているのかわからないのではないか、と言った。「おまえは知らないけどな、おれなんかがここに入ったとき、おもしろいやつがいたんだぜ、ノーバイかなんかで五分間に一度は手鏡で髪のセットが乱れてないか調べるんだ。普通さ、三回も人のあとにつけば、どの家に新聞をいれるかわかるだろ、そいつは一週間ついても五十軒もおぼえてないんだ。八時になっても九時になってもなかなか戻ってこないから、店主がさがしにいってみると、新聞の束の上に尻おろして泣いてたんだって。白痴《はくち》だな。道がわからないっておいおい泣いてるんだって。ばっかだよ、泣く歳でもないのにさ」斎藤はそれから、新聞配達にボーナスを出せという名目でつくられたこの店の秘密組合を切りくずしにきた男のはなしと、二十七、八の男がやとってくれといってきて腹がへってると言うので飯をくわすと、どんぶりのように大きな茶碗に五杯食べたはなしをした。五杯目を出したとき、店主は「まだかあ」と目をまるくして言った。男は四杯目のおわりの飯を口に入れたまま、「めしぐらいたべさせてもいいじゃあないか」とこもった発音の明瞭でない声を出した。その男は結局、一日も働かずにめしだけ五杯くってやめた。斎藤のはなしは落語のようでおもしろく、ことにけちなくせに義理人情にあつくふとっぱらであるとぼくらにみられたがっている店主のこわねがうまかった。「まだあいつはましさ」斎藤がそう言っても、紺野と同じ部屋にいるぼくは、口からでまかせのいいかげんなことをきかされるのにうんざりし、時折めちゃめちゃに殴りつけてやりたいと思うことがあった。だいたい紺野はぼくをなめていた。ただひたすら大学に入るために勉強している、なにひとつ分別のつかないなにひとつ知らない子供だというふうにぼくをみているのが気にいらなかった。ぼくは大学などとっくにあきらめている。その時、不意に硝子の破れる音がした。「ちくしょおお」と女の声がした。その声はとなりのアパートの女のものだった。亭主のものと思われる怒声がわきたち、肉が肉をはげしくうちたたく音がした。午後六時十分すぎ。「やりやがれえ、自分の女房だからな、殺すのなら殺せえ」声が尾をひき、それが不意にのみこまれるように消えた。紺野はぼくにむかって笑顔をつくり、「はじまったな」と言った。なめくじが塩をふりかけると水を出しながらとけはじめるような紺野のやさしい眼が、わけしりに思えて不快だった。ぼくはどう紺野に返事をしてよいかわからず、机のひきだしに体をもたせかけたまま、うんというふうに頭をふった。それが幼い仕種に思え、指が熱くなるほど短かい火のついたマッチをすてる時のようにぼくは後悔した。女の泣き声が耳にこもった。「ああかわいそうでたまらないな、かわいそうだな」紺野は鼻から抜けるため息のような声を出し、それからはらばいになっていた体をおこしてすわりなおした。紺野の顔が裸電球のひかりに照らされてうぶ毛がたっているようにみえた。新聞紙とすみっこにまるめた店主の貸してくれたふとんとひっくり返りばらまかれた灰皿の吸《すい》殻《がら》と、インスタントラーメンの袋とどんぶりと、そういうめちゃくちゃな部屋の光景に、紺野はぴったりとキマっている感じが、おもしろかった。「ふざけんじゃないよ、甲《か》斐性《いしよう》もありはしないのに」女の声がきこえた。「どこへだって出ていきやがれ、あんたに殴られて黙ってなんかいられるかあ」その声のすぐ後、女は亭主にまた殴られたのか呻《うめ》き声を出して黙りこんだ。子供の声はまったくきこえなかった。ぼくはやりきれなかった。紺野が顔をうつむけ、足の指の先に落ちている吸殻を一つずつ拾ってしわをのばしながら、耳をとなりのアパートの夫婦喧嘩にむけているのをみ、ぼくはいま不意に立ちあがり、紺野の顔を足で蹴りあげ、「うそつきやろう、インチキやろう！」とどなり出してしまうのではないかと恐れた。「かわいそうだな」紺野は顔をあげた。涙が眼のふちにたまっていた。「救けてやりたいけど、救けることはできない。おれはなんにもできはしない」

「迷惑だよ、おまえなんかに救けにこられたら」ぼくは紺野の涙を嘲《あざけ》った。「あいつら好きで夫婦喧嘩してるんだぜ」

「おれはだめなんだ、たえられないんだ。ああいやだなあ、この世間に、しあわせに生きてる人間なんかだれもいないみたいな感じになるな、もうけっこうだ、そんな悲惨はみたくないんだ、むごたらしく苦しいめにあうのはおれとあの人だけでじゅうぶんなんだ、ああ、腹の底から腸をねじきられるような声をたててあいつは呻いている、まっとうな人間はあんな声を出しちゃいけない」

「呻いているのはまっとうだからだよ」

　ぼくが紺野の言葉の揚足《あげあし》をとろうとして言うと、彼はぼくをみつめ、「おそろしくなるほどごうまんだなあ」とつぶやいた。「なにをみてきたというんだよ、なにをみたというんだよ」

「おれはさ、貧乏人をほんとうに嫌いなんだ、あいつらはあんな声しか出さないんだ、あんな声出して夫婦喧嘩して、あんな声出して性交して、あんな声出して子供をうむんだ。いやだねえ、ちょっときいてやってくれよ。はずかしげもなしに近所中にきこえる声出してよ、あいつらに情なんぞいらないさ、マシンガンでもぶっぱなしてやればいいんだ」ぼくは声に出して笑った。紺野はぼくにつられてやわらかいえみを口元につくり、それから立ちあがり、押入れにつみかさねて並べてある古典文学全集の一冊をとり、それをめくって、中から一枚の写真をとり出した。それは子供の古ぼけた写真だった。

「頭からね、ＤＤＴぶっかけられたんさ、うちのおやじは満洲で商売やっててね。大連にいたんだ。そういわれたけどまるっきりなんにもおぼえちゃいないなあ。これみせると、みんな笑うんだよ」

　紺野がなんのつもりで写真をぼくにみせるのかわからなかったが、ぼくは頭をまっ白にして怒ったように固い表情で直立不動の姿勢をとっている子供の眼が紺野にそっくりだと思い、べたべたしてすぐ形をくずしてしまうできそこないのプリンのように甘ったるく安っぽい感傷にひたっている紺野が不快だった。中心からぶよぶよくずれはじめている。

「このまえ、この写真みせて、自分の子供だといったろう?」ぼくは真顔で紺野をからかった。

「またあ、そんなことという、おれはね女はだましても男に嘘はつかないんだ」紺野はそういってぼくの手から写真をとった。その動作が女性的だった。「この写真、あの人にみせると、笑うかなあ? きっと笑うな。あの人、口をあけないで笑うんだな。このまえあったとき耳なりがして体が石みたいに固く重くなってしまうんだと言ってた。過労だなとぼくは思った。いまもね、息子がおかしくなったお母さんがきてたのよおって重そうに坐っているんだ」

「また淫売《いんばい》のマリアさまか」

「ちがう、かさぶただらけのマリアさまだよ。まったくどうしようもないなあ、あの人を苦しめてるみたいなもんだなあって思いながら、あの人の前に出ると舌が動きだしてとまらないんだから、おれってすくいようがないよ。ああ救けてください。ああぼくを赦してください」紺野は言い、それから足元のしわをのばした吸殻に火をつけた。子供の泣き声がきこえてきた。夫婦喧嘩はもう完全におさまったらしかった。下の部屋か、となりの斎藤の部屋でつけているテレビの音がぼそぼそと秘密めいた会合をしているようにきこえていた。ぼくはいまどうにもならない絶望的な場所にいる気がした。ほんとうになにをみたというのだろう。いったいなんのためにこんなところにいてごみくずのつまった部屋にうじ虫のようにいるのだろう。ぼくは黙ったまま立ちあがり、椅子に腰かけて机の上の本立から日本史の教科書をとりだし、中世のページをひらいてみた。つまらない。誰が権力をにぎり、なにがつくられようとこのおれの知ったことか。日本史、なんのためにこんなものを理解したり記憶したりしなければいけないのか、さっぱりわからない。この教科書の記述とはほどとおいところでおれの先祖は生きてきただろうし、いま現在、おれはそれらの記述のおよばないところで生きている。日本史を読むこのおれは逆説だ、いやこのおれそのものが逆説だ、いやちがう、このおれはまっとうだ、まっとうでなくさかだちしているのは過去がつづいていまにいたっているのだと思っているこの教科書をつくった人間だ。ぼくはそう考え、眼や口や鼻から白っぽい脳髄《のうずい》が、体の中につまっている柔らかいぶよぶよした悪感といっしょに水となって外ににじみだす気がした。ぼくは日本史の教科書を投げすてるように本立にしまい、かわりに地図帖をとりだしてひろげた。十津川仁右衛門という名前が眼についた。その家は無印だった。となりの川口という家の二倍ほどの大きさで家をしめす長方形が描かれてあった。その家の人間にぼくは恨みはなかった。しかしぼくはボールペンで三重×をつけた。ぼくが立ちあがると紺野はフィルターの部分までこげた煙草をすいこみ、鼻の穴からけむりを吐きながら、「こんどなあ、いっしょに行かないかあ」と言った。「おれのよごれたマリアさま」「善はいそげ」ぼくは思いついた言葉を言い、紺野の言葉に返事もしないでジャンパアをきこんだ。

三回ほど無言のままぼくは十津川仁右衛門への電話を切った。四回目、女の声から若い男のものに変ったのをぼくは知り、吐きだそうとした言葉をのみこみ、もう一回待って気持をととのえようと思い、「もしもし、あのうもしもし」と言いつづける電話の受話器をおいた。暗いむこう側がちょうど霧がかかったようにみえた。電話ボックスの硝子に映ったぼくが頭をかき、顔の両眼が、まるで外からボックスの中に逃げこんだ獲物をおう犬のようにこのぼくをみつめていた。だいっきらいだ、なにもかも。反吐《へど》がでる。のうのうとこんなところで生きてるやつらをおれはゆるしはしない。ボックスの硝子にむかって口唇だけで声を出さずに言ってみ、ぼくはにやっと愛嬌《あいきよう》たっぷりにえみをつくり、そしてもう一度ジャンパアのポケットから十円玉をつかみだし、穴の中に入れ、ツーという音をたしかめてダイアルをまわした。二回呼出し音がなり、若い男の声がひびいた。その男のあかるい声につられてぼくは自分の言うべきセリフを忘れてどぎまぎし、「あのう」とふがいない声を出してしまった。もういけない。「むかいのマージャン屋ですけどね、タンメン三つ」ぼくがとっさにおもいついて言うと若い男は「ああ?」とけげんな声を出し、まちがい電話だと思ったのか、「うちはそんな商売やってませんよ、電話かけるならもっとちゃんと調べてかけてくれよ、なあ」とどなり乱暴に切った。ぼくは受話器をおき、ほとんど条件反射のように十円玉をまた入れてダイアルをまわした。四回ほどでまた若い男が出た。「お宅の前のマージャン屋だけど、タンメン三つ大至急」ぼくは早口で言った。「はやくしてくれないか、腹がへってどうしようもないんだよ」若い男はどういうつもりなのか「はい、タンメン三丁ねっ」と答えた。それからそばに人がいるらしく「タンメンだってさあ」と言った。それから声を低めて「あのねえ」と言った。「お宅はどこのジャン荘かしらないけどね、肉屋にいって魚の刺身くれっていうようなもんだよ。魚屋にいってね、クラリーノの靴くださいっていってごらん、ぶんなぐられるよ。バカッ」男はどなって電話を切った。ぼくは受話器をおき、ジァンパアのポケットをさぐったが十円玉はなかった。電話ボックスを出、ぼくは口唇も顔も、指先もひりひり痛むような感情のまま、つめたい霧のつぶのまじった夜の道を大通りのほうにむかって歩いた。大通りに出る手前の煙草の自動販売機でズボンのポケットに入っていた百円玉でハイライトを買い、そのおつりの二十円を手ににぎった。新聞販売店の寮のある通りの家はほとんど玄関をしめきっていた。スナックの前の電話ボックスに入り、尻ポケットにつっこんでいたアドレス帖を出して高山梨一郎を調べ、ダイアルをまわした。すぐ男の声が出た。「はい、高山数学塾ですが」ぼくは息をひとつすいこみ、「高山梨一郎さんは御在宅ですか?」とこもった低い声でたずねた。「はい、わたくしですが……」男の声は言った。

「あなたはたしか……いや、田舎はどちらの出身でしょうか?」うまいぐあいにセリフが出た。男は「はあ……」と言い、「岐阜ですが」と言った。

「ああ、やっぱりそうですか、ぼくも岐阜です。いま護国青年行動隊に入っています」

「うよく、のかた、ですか」

「はい、左翼、右翼と言えば右翼です」

「それでどういうご用件でしょうか?」

「いいえ、ただあなたがぼくと同郷の方だとたしかめておきたかっただけです。どうも夜分失礼しました」

受話器のむこうで男の声があのう、と口ごもり、話をつづけたそうなようすだった。ぼくは無視して電話を切った。あいつは今夜眠ることもできずにあれこれ考え悩むにちがいない。ぼくは上機嫌になった。ぼくは声を出して笑った。そうなんだよ、あんまり有頂天になって生きてもらっては困るのだよ、世間にはおまえたちが忘れてしまったものがいっぱいあって、いつでもおまえたちの寝首をかこうとしているのだからな。大通りを駅のほうにむかって歩きながらぼくはまるで恋人の名前をいうように、おれは右翼だ、といってみた。けっしてわるい感じではない。角を右にまがり、工事現場の前をとおった。いいか、よくきいておけよ、おれの言いたいのはこうだ。おまえたちはきたない、おまえたちはおれのように素足で草の茎が槍《やり》のようにつきさす野原をかけることのできる体ではなく、肥満していて、ぶくぶくの河馬《かば》のようで、いやらしくしみったれている。おれは純粋だ、むくだ、金ぴかだ、おれの胸の肉を切りさいて血をながしてみろ、おれの性器から噴出する精液をなめてみろ。ぼくは高山梨一郎にむかってどなるようにしゃべっているぼくを想像し、不意に歌のような文句がでてきた。おれは犬だ、隙あらばおまえたちの弱い脇腹をくいやぶってやろうと思っているけものだ。それは予備校のテキストにのっていただれかの詩の一節だったかもしれなかったが、ぼくはそれがいまのぼくの感情にぴったりのような気がしてうれしくなった。

店主がジャンパアにマフラーを首にまきつけて奥から出てき、仲間のひとりにむかって「角の家だからな、二日つづいたらもうあやまりようがなくなるからな」と言い、煙草をくわえたまま、隅で広告のチラシをはさみこむ作業をやっていたぼくの前にきて立ちどまった。ぼくはむかっ腹がたった。人をみおろすとはこういうことをいうのだ。「ちょっとよけてくれないですかあ、あんまりふとった体が前にたったら、広告のチラシ入れにくいんだけどお」ぼくが言うと店主は上機嫌の女のような声を出して「わるい、わるい、いやあ、みんなうまいぐあいにうすいチラシ入れるなあって感心してたんだ」と言い、体をどけ、ぼくと同室の男の横に立った。「紺野君、配達おわったら、ちょっとはなしがあるんだ」紺野は店主にむかって顔もあげず、床板にあぐらをかいて坐りこんで作業をつづけながら、「はい、はいっ」と調子をとって言った。ぼくの横で水洗便所にしゃがむような格好でチラシをいれていた斎藤が、「あいつのはなしに碌なのはないさ」とつぶやいた。「あ、それからな、みんなにもいっとくけど、牛乳なんてのまんでくれな、われわれだってそうだろ、せっかく配った新聞を抜きとられでもしたら、これ以上腹がたつことないくらい腹がたつだろう」店主が言うと、斎藤がぼくの耳に口をくっつけるように「だれものみゃあしないよ、あんなものこんな寒い朝のんだら、すぐ下痢だよ、バカ、考えてものをいえ」と言い、笑い声をたてた。寒かった。体の奥の中心が凍えてかたまり、ぼくの体の筋肉も皮膚も骨も、うすく切られた肉のように時折波になってやってくる寒さにふるえた。寝不足のせいなのだろうか、それとも今朝がとくべつに寒いのだろうか、ぼくは耐えられずに大きな声を出してしまいそうな気がした。パートタイマー募集のチラシを終え、次にデパートの広告に移った。斎藤は一度にその広告を二枚ずついれていた。ぼくも彼のまねをして、それを二枚ずついれた。二枚いれた新聞と一枚も入っていない新聞は、重みも厚さもちがい、みただけですぐわかるほどだった。

「終ったらコーヒーのみにいこうな」斎藤がぼくに言った。「モーニング・コーヒー、しゃれてやがるな、ちくしょう」

「学校へ行くんだろ？」

「いかないよ、今日は休みさ。アタマにきてんだから、あのドモクのやろう」

ドモクとは、予備校で斎藤と同じ国立文科系精鋭コースに入っている玉置のことだった。斎藤が床に新聞をたたきつけるようにして並べはじめると、紺野が、寮の下の部屋にいる学生にむかって、「そりゃあ、だめだなあ」と言い、まるで露店でゴザを敷いて品物を売っているふうに広告のチラシの束をもって六部ほどひろげた新聞に一枚ずついれた。入れおわった新聞をかきあつめて横におき、また六部ほどひろげる。店主が畳の部屋の、机の上に大きなやかんをおき、コップを三つほどもって、「ほらよ、ここへおくからな」とコップを新聞紙の上に裏がえしにしておいた。「そんなものめるか」斎藤が言った。その言葉に笑って顔をあげると、店主と眼があってしまった。「吉岡君、ここにおくからな」店主はぼくの名前を口に出して言った。ぼくはうなずいた。

「あのドモクのやろう、おれにさ、ゼンロウレンに入れって。入ったら試験の点数でもよくなるっていうのかよ、ばっかやろう」

「あいつはいいんだよ、精鋭コースの秀才だから。五百人も六百人もつめこんで精鋭コースがきいてあきれるよ。予備校なんかくそだと思ってるんだ、おれ」

「いじけてるからな、ほんとうにいじけてくっからな」

「いじけることなんてないさ、おまえだってけっこうまじめに通っていい線いってるんだろ。このまえドモクなんてメじゃないって言ってたろ」

ぼくは新聞を防水するため重い布でまるめてたばね、それをベルト幅のひもでゆわえて肩から吊し、踵のつぶれたバックスキンの靴をつっかけて斎藤を待った。斎藤は黒いペンキでぬった自転車の荷台に新聞の束をくくりつけた。

「どっちが先におわっても《フランキー》で待ってようよ」斎藤が言うのを合図にぼくはかけだした。朝はまだはじまらない。ぼくはスピードを早め、朝になる前の凍えきった空気とぼくの体の温度がちょうどつりあう黄金比のようなところへもっていこうとした。百メートルほど全力疾走して、釣堀のところでスピードをおとして呼吸をととのえた。エンジンがかかっているらしく排気ガスを出しながらタクシーがブロック塀に身をもたせかけるようにとまってい、運転席に男がねていた。高橋靖男の家から配りはじめた。

ぼくと斎藤が《フランキー》でもちよった新聞を読みながら、モーニングサービスのトーストをくってていると、紺野がえみをつくって入ってき、「碌なはなしじゃなかったなあ」とひとり言のように言って、ぼくの横に腰かけた。「なにを言うのかと思ったら、カゲキ派みたいなこと言ってるやついないかってきくんだ。さあ、わたしは知りません、女に興味あってもカゲキ派のようなものにはぜんぜん頭がうといですから、そう言うとげらげら笑うんだ。おかしくないよなあ」紺野はカウンターの中のマスターにむかってコーヒーを注文した。「店主は、ぼくに、あんたはいい人だっておの題目のようにとなえよる。冗談でしょうって言ってやった。そんないい人が、なんでこんなところで子供ほど年のはなれた人間の中で新聞くばりをやっていられるんですかって」紺野はそう言ってから斎藤にむかって右手をあげて頭をひとつゆすり、テーブルにおいてあった煙草の箱の中から一本不器用にぬきとって火をつける。外は柔らかい光のあふれた朝だった。

「あの気ちがいのような音はなんとかならんですかと言うと、あれが一番いいんだよって言うんだなあ。たとえばオルゴールのような音とか、いまいくらでも売ってるだろう」たしかに紺野の言うとおり、ブザーの音は腹だたしかった。耳の鼓膜を太い木の棒でつき刺すようなブザーの音は四時半きっかりに鳴らされた。タイマー仕掛になっていて、起きあがり、手さぐりで壁にとりつけられたブザーのボタンをおしかえすまで情容赦なく鳴りつづけた。紺野はそのたびに、小声で文句を言った。「あの音をきいてるとなんだかわからないけどわが身がうらがなしくなってくるんだな」

「そこまであいつは気がまわらないよ、二十人ほどの人間がいるのに、お茶をのむコップ五つしかないんだから」

「あいてにしないほうがいいさ。まだあのくそったれババアのほうがはなしをしてもわかるよ。でも、おれが月賦《げっぷ》でセーターとズボン買うからとたのんだら、よしたほうがいい、現金で買ったほうがいいって言いやがった」斎藤が新聞のスポーツ欄をひらいて、それからコーヒーカップの底にのこっていた砂糖にコップの水をあけ、スプーンでかきまわした。

紺野は湯気のたつコーヒーを音させてまるであつくとけた黒砂糖の湯をすするようにのんだ。ぼくは紺野がなにからなにまで嘘でかためているような気がした。「サウナへでも行ってこようかな、拡張のおやじに、今日までの券もらったんだ」

りこんだ。

「ゴウセイじゃないかよ」斎藤が紺野をバカにしたふうに言い、新聞を後の席にほう

「また今日もぼくの夢のようなバラ色の一日がはじまったんさ。あの人に電話して、あの人にあってね。あの人にまたおれは苦しみをあたえてしまうんだな、ずっと待っていたんです、今日もしかするとあなたがきてくれるんじゃないか、そう思ってずっと部屋の中で身をこごめて待ってたんです、そう言われることが、あの人は苦しくてしようがないっていうのはわかってるんだ。だけどあの人だって女だから、ほんとうはそう言われたい気持があることはわかってるんだよ、おれはそれがつらいんだ」

「あの人って?」斎藤が訊いた。

「紺野さんのマリアさまだってさ。ものずきなんだよ、だます女がいないからって五十にもなったヨイヨイのババアをたぶらかすことないのに。一日中こんなことばっかり言ってる」

「たぶらかしてなんかいないぞ、ぼくたぶらかすなんていうことは絶対やれないし、やったことないんだから。いいか、どんな女だってどんな人間だってだますことはできてもたぶらかすことなんてできやしないんだよ。おれは金持だと言うだろう、いや女にむかってぼくは君を愛していると言うだろう。相手に心底思いをこめて言わなければ、相手に通じるもんか」紺野はぼくの言葉に刺激されて言いつのった。紺野が不

意に感じた腹だちのようなものがおかしかった。

「だけど結局たぶらかすんだろ、自分で言ってたじゃないか、何人女をたぶらかしたかわからないって」

「たぶらかしたなんて言ったことない、だました、結果的にそうなったと言ったけどな」

「いっしょだよ、そんなことどうでもいいさ」斎藤はいらいらしているらしかった。髪をかきあげ、それから煙草の箱の角を指でつぶす。

「三十男がだましたりたぶらかしたりするのはきたならしいな」

「おれは人をたぶらかせるほど強くはないってことはっきり知ってるんだ、あの人はそんなおれを知ってる、あなたをだましている、あなたに嘘をついている、こうしゃべっていることが嘘だ、あの人はね、蚊のなくような声で、玄関に坐ってゲタ箱を改良した本棚にいまにも内から肉がくずれてしまいそうに疲れた体をもたせかけ、いいのよお、って言うんだ、だまされるのもなれてる、嘘をつかれるのもなれてる、みんないいのお、あなた、死ぬことなんか考えないで、生きなくっちゃあ。あの人はぼくが死んでしまうのではないかと不安でしようがない、おれはさ、あの人のまえにでると、いつも死ぬことばかり考えているみたいに、死ぬ、死んでしまいそうだっていつのまにか舌がうごいているんだな、どうしようもないやつだと後になって後悔するけどな」

「死ねばいいじゃないか」斎藤が言う。

「だけどさ、首吊ったって薬のんだってあんまりカッコいいもんじゃないしさ、それよりぐずぐず生きてるほうが、まだ快楽もあるしな」紺野は鼻に抜ける笑い声をたてて、つづけた。「たしかに、だけどやっぱり三十男はきたならしいな、自分で自分を殺すなら二十五歳までだな」

午後、ぼくは地図つくりに熱中した。電話ボックスから電話帳をもちこみ、配達台帳にある名前をかたっぱしから引いて電話番号をアドレス帖にひかえた。同姓同名の人間が他にもいるのが五軒ほどあり、それらは住所をたしかめてひかえた。電話のないのが半数以上だった。その中でアパートに入っている人間のものはアパートの電話をひかえた。十二時から二時まで二時間かけたがぼくのもくろんでいる地図帖の三分の一もできなかった。ぼくは地図帖に、その家の職業も、家族構成も、それに出身地までも書きこみたかった。たとえば高橋靖男の家の電話番号はわかっているが、その男が年はいくつでなにをして飯をくっているのかわからなかった。みどり荘にすんでいる野本きくよ、上村勝一郎は他になんにもわからなかったが、年齢はだいたい想像できた。野本きくよは三十五、六、中学生ほどの男の子と二人ですんでい、上村勝一郎は二十七、八のサラリーマン風の男だった。路地のつきあたりの鶴声荘で、ぼくの配っている新聞を読んでいる人間が一人いた。黒いごわごわした生地の服を着た六十すぎの女で、トランプ占いをやってそれで飯をくっていた。いつも金は一日にはらうといって、他のどんな日にいってもくれなかった。ノックするとドアがあき、中から猫が尻尾をたてて出てき、きまってぼくはその猫の脇腹を蹴とばしてやりたい衝動を感じた。しかしその浜地とみのことだけわかってみてもしようがないのだった。ぼくはそんなあわれにつつましく一人で生きている人間にはまったく興味がない。ぼくは高山梨一郎とか十津川仁右衛門とか平田純一とか、おっこちないでうまいぐあいにこの社会の機構にのっかって生きている人間のことを知りたいのだった。光がとなりのアパートの窓硝子に反射していた。ぼくは物理のノートをとじた。そうだ、ものの法則だ。力を加えると石は逆方向に動こうとする。ぼくは物理のあやふやにおぼえた法則を思いだし、このぼく自身がその参考書に絵入りでのっていた石のようにいまここにいて考えていると思った。ぼくに希望などない、絶対にない。予備校にいって勉強して大学にはいってそれでどうするというのだ。ぼくは不意に姉をおもいだした、そしてその姉が、手首を切り血まみれになった青白い皮膚で転っているぼく自身をみつけて泣いている姿を想像し、涙がつぶれた甲虫の体液のように眼の奥にしみだしてくるのを感じ、自分自身を笑った。たしかに姉は泣いてくれるだろう。しかし昔のことをぼくがほとんど思いだせないように、すぐ忘れてしまうだろう。ぼくは椅子から立ちあがり、俳優のように背をまるめ、上目づかいに窓の外をみて、「おれは右翼だ」と言ってみた。しかしどこか嘘のような気がした。「おれはおまえを生かしちゃおかない、おまえなんぞ死んでしまえ、おまえはきたならしい」ぼくは声に出して言ってみた。

ジャンパアをはおり、ぼくは物理のノートを本立の中にしまいこみ、ポケットに小銭があるかどうか確認して部屋を出た。廊下のつきあたりの水洗便所はまだなおしてないらしく水が滝のような音をたてて流れていた。それがいまいましかった。

午後の光を顔に直接感じながら、ぼくは汗でしっけた十円玉を入れ、ダイアルをまわした。ツーンツーンときこえる呼出し音が二回鳴り、十円玉が音をたてて受け箱におち、「はい、はあい」という男の面倒くさげな声がきこえた。「もしもうし、東京駅ですが」ぼくがその弾みのついた声を耳にし、「あのう、今日のね、玄海号の」と発音の明瞭でない声を出して言いはじめると、電話の男は、「なんでしょうか？　今日の玄海号の乗車券ですか？」とききかえした。「ちがうよ、あのね、事件のおきるまえにな、お知らせしてやろうと思ってな」そう喉の奥でいったん殺した声を出すと、弾んだ男の声は、「はあ」とちょうどゴムマリの空気が抜けてしぼむような感じで「ちょっと待ってください」と言った。「待てないんだ、おれは忙しいんだからな、ここからちょうどおまえの顔がみえるからな、いそいで教えてやろう、めちゃくちゃになるんだよ、あの玄海号が十二時きっかりにふっとぶんだよ」「爆破すると言うのですか？」「いや、そんなこと知らない」「爆弾をしかけたと言うのですか？」「さあ、どうかな？」「いま車庫に入ってますよ、冗談でしょう？」「ばかやろう！　冗談かどうかみていろ、ふっとばしてやるからな、血だらけにしてやるからな、なにもかもめちゃくちゃにしてやるからな」ぼくは受話器を放りなげるようにしておいた。玄海号は今日の午後八時に東京駅を発車する。午前四時頃にO駅につき、五時頃にK市につき、六時すぎにSにつく。ぼくは顔に直接あたっている光のほうにむかってあかんべえをひとつやり、声に出して笑った。ばかやろう、とんま、うすらばか、はくち。

ぼくは外に出た。そして光に全身をとらえられたまま立っていた。買物籠をさげた女が二人ぼくの脇をはなしこみながらとおりすぎた。ぼくの体の中のなにかが破けて血液のようにどろどろしたものが外に流れだす気がし、午後の光をうけたせいかほてった額に手をあて汗をぬぐうようにこすった。ばかやろう、とんま、うすらばか、はくち。その言葉のリズムが、不快だった。

夕刊を配るまでの時間に未収の金をあつめにいくためにぼくは集金帖をとりに部屋に戻った。紺野は、壁にまるめておいたふとんに体をもたせかけ、眠っていた。夢も希望もなしにこいつはよく生きていけるな、とふいに思い、そう思いついたことがおかしく笑った。斎藤に言わせればこの男は、人生の敗残者らしいが、さてその人生というやつはいったいなんなのだ？　人生なんて東大を出て高級官僚になろうと乞食になってガード下で坐ろうとさして差があるわけじゃない。むしろ世間というやつだろう。ああ、やってくれ、おおいにやってくれ、この男のように世間の敗残者にならないように勉強して東大へでも一ッ橋にでも入ってくれ、テントリ虫、芋《いも》虫、うじ虫、斎藤の糞野郎。紺野は口をあけ、女のように黒く長い睫《まつげ》のはえた瞼《まぶた》をふせて、かすかにいびきをかいていた。紺野の頭がおかれているふとんの部分に長方形のやけこげがあった。それは紺野が三十何回目かの誕生日だといって酒をのんだとき煙草の火でつくったものだった。紺野はしみだらけのよれよれのズボンをはき、厚ぼったい黒い靴下に埃と毛玉とマッチ棒をくっつけ、ちょうどゴミ棄場《すてば》に転った死体のようだった。こういう男が女にもてるというのが不思議だ。ぼくは紺野が部屋の中で眠っていることが、なんとなく腹だたしく図々しく思え、くるぶしを、「よお」と蹴ってやった。「よお、おれの集金帖みなかった？」もう一度足で蹴ると紺野は寝返りをうって壁の〈シシリアン〉のポスターのほうに体をむけ、「知らないよ、ねかせてくれよお」と鼻に抜ける声を出した。

集金帖を尻ポケットにつっこみ、扉をしめながらわざとらしくぼくは「あった、あった」と言った。廊下に出ると便所の水の音が耳につき、またぼくはどこかに電話をかけてやりたいと思った。そうだ、紺野の淫売のマリアさまに電話して、徹底的にスケベイなことを言ってからかってやるのもいい。もしもし、ぼく紺野の弟ですが、兄が電話してみたらいい、と言いましたから。女はくたびれた低い声ではい、はいと言うだろう。「あなたが紺野さんの弟さんですか」、女は教師のような口調になる。「おまえのあそこの毛、何本ぐらいあるんだ？　もう白毛がはえててだからそめてんだろう。一回いくらなんだよ、百円ぐらいか？」

最初にブロック塀でかこいをした西村良広の家に行った。ブザーをおして待っているとドアがあいて三歳ほどの女の子が顔を出し、すぐひっこみ、髪をゆいあげた女がイチゴの模様のついたエプロン姿であらわれ、「いくらかしら」と訊いた。そうしてがまぐちをあけて千円札を出した。「このまえきたの？」「いえきません」ぼくはジャンパアのポケットにつっこんであった集金袋からおつりをとり出した。「ガス屋さんにも電気屋さんにもしかられたのよ、二日もきてそのたびに留守じゃどこへ行けばいいんですかって」女はおつりと領収書をがまぐちの中につっこみながら言いはじめる。女の子が、下駄箱の上においてある金魚鉢の中をのぞきこみ、あやうく床に頭からおちそうになった。「不祝儀なんていつおこるかもしれないのにねえ、みんな怒ってるの」その次は富士見荘の二階の高岸勝美だった。靴をぬぎ、廊下のつきあたりの部屋

い

るらしく、油のこげるにおいと音がひびいてきた。時間はずれに誰かが飯を食べようとしていた。次の未収の家もアパートだった。「いるんですかあ」と言ってぼくはドアをノックした。中から女の声がし、ドアがひらいた。内田仁というバーテンダーをやっているもみあげの長い二十六、七の男だった。「いるんですかあ」と言ってぼくはドアをノックした。

の戸をたたいたが中から返事はなかった。時間はずれに誰かが飯を食べようとしているらしく、油のこげるにおいと音がひびいてきた。次の未収の家もアパートだった。「内田仁というバーテンダーをやっているもみあげの長い二十六、七の男だった。「いるんですかあ」と言ってぼくはドアをノックした。中から女の声がし、ドアがひらいた。内田仁のかわりに女が金をはらってくれた。部屋の中はハンガーにぶらさがった背広以外になにひとつ生活に必要なものがおかれてなく、がらんとした感じが奇妙にエロチックで、ぼくは男と女の性交のにおいにみちみちているふうに思った。外に出ると、風が吹いていて、それが禍々《まがまが》しい事のはじまる前兆のような感じで、ぼくは集金袋をジャンパアのポケットにつっこみ、集金をうちきることにして販売店のほうにむかって歩いた。光に色がついていた。猫がブロック塀の角から顔を出し、一瞬恐ろしいものをみるようにぼくのほうに眼をむけ、走りぬけた。電話ボックスがあったのでぼくはその中にはいり、ほとんど考えることもしないで自動的にダイアルをまわした。「はい、こちらは東京駅ですが……」という応答を充分にききもしないで、「いいか、おぼえてろよ」とうなるような声を出した。「今日の十二時にふっとばしてやる、めちゃくちゃにしてやる、ふっとばしてやるからな、ふっとばしてやるからな」興奮で声が裂け、それ以上の言葉をぼくは思いだせなかった。電話の受話器からきこえてくる男の声はもしもしもしもしと言うばかりだった。受話器をぼくは丁寧にかけた。

体の中心部からふるえはじめ、腕があまりにふるえたから、受話器と把手《とって》の部分ががちかち音をたてた。

豆腐のように柔らかい脳味噌《のうみそ》にくっついた血管をひとつずつ裂いてしまうようにブザーの音が耳の中をつきぬけてひびいた。眠りがまだ体の中にかたまったままあるのを感じながらのろのろとおきあがり、枕元においたセーターとズボンとジャンパアを着た。紺野が電灯をつけた。ざわざわと音をたてる山鳴りのような雨がふっていた。紺野は寝みだれた頭髪をかきあげながら、「いじきたないなあ、夢の中でイチゴジャムをぬったトーストを食ってたんだ」と言った。階段をおり、バックスキンの靴をゲタ箱のつめこまれた中からさがしていると、新聞がぬれないようにつつむ黒いビニールの風呂敷のようなものをもった斎藤が、紺野の後からおりてきて、「あめ、あめ」と言った。「ふれ、ふれ、かあさんが」歌をうたっているのだった。「じゃのめでおむかえうれしいな、ぴちゃぴちゃじゃぶじゃぶぴっちゃぴちゃ」

「ひとりでよろこんでるからなあ」と紺野が言った。

ぼくは靴をはいて外に出、そのまま販売店にむかってかけだした。雨が顔にあたった。家と家の間を通り抜けて近道をし、あかるい電灯が外の道まで照らしだしている販売店の中にかけこんだ。店主がタオルをさしだし、「よっ、きたな、今日は一番のりじゃないか」と言い、うずくまって新聞の束にかかったひもを鋏で切りはじめた。畳をしいた部屋から拡張をやっている西辻という男が、両手でチラシをかかえて出てきた。

「ちくしょう、またびたびたになるのか、なんかこう気が重くって、こんなことなんでしなくちゃいけないのかって思うもんね」とぼくは拡張の西辻に言った。斎藤が黒いビニールを頭からかぶって「ぴちゃぴちゃじゃぶじゃぶ」とうたいながらやってきた。紺野は頭からしずくをたらしながら入ってき、「つめたあい、つめたあい」と大袈裟に肩をゆすった。別の寮に入っている予備校生と学生たちもかけ足で入ってきた。

「おやじさん、完全防水の雨合羽《あまガッパ》買ってくれよ」

店主はああと言葉にもならない声を出してうなずいた。紺野はぼくのとなりに坐り、店主から新聞をわたされるのを待っているぼくの耳に、「今日な、ひょっとするといいことあるかもしれないぞお」とかすかに口臭のする息をふきかけて言った。「おれのマリアさま、河馬のようにふとってて苦しそうに生きてるマリアさまだ。今日、仕事おわるとどうすると思う?」

ぼくの左となりに坐った斎藤がぼくのかわりに笑った。「小便して眠ってからパチンコやるんだろ? きまってるよ、紺野さんのやりそうなこと」

紺野は斎藤の言葉をきくと、チラシをパタン、パタンと床にうちつけて整えながら、

「ははあ、きまってるかあ」と小バカにしたように笑った。「競馬をやるんだ、4―4のゾロめ、それでいただきさ」

「もう紺野さんのでたらめにはあきあきしたよ、競馬なんて紺野さんがするはずないじゃないか」

「それじゃあ一日ねころんで、ショーペンハウエル読むのかな、紺野さん哲学中年だからな、だけど古いんだなあ」斎藤はそう言ってぼくの肩をたたいた。「ぐずぐずしてていやらしいんだよ、この年代の男」ぼくは斎藤の言葉をきき、ではおまえのようにただはいのぼろう、人よりもいい点をとろうと本心では思っている男はいやらしくないのか、と言おうと思った。眠けが完全に体からぬけきっていないらしく、腕や脚が重ったるかった。

「まあ、競馬をやるっていうのは悪い冗談だけどな、《フランキー》のマスターが4―4のゾロめをかうってさ」

「《フランキー》のマスター」斎藤が舌を出して言い、「紺野さんの同志！」とへらへら笑いをした。

風にあおられて雨合羽の帽子がたちまちめくれてしまうので、ぼくの頭髪も顔面もびしょぬれになってしまった。帽子を固定させる顎のボタンがつぶれてはまらないのだった。長靴にとりかえないでバックスキンの靴をはいたままきたのでこげ茶色の雨合羽のごわごわしたズボンからしたたりおちたしずくがはいりこみ、靴底がぬらぬらしていた。高品純一の家は郵便受けがないのでしめきった雨戸の隙間にさしこんだ。軒下にブロックのかけらをおいてふちどりした花壇がつくられ、そこに貧弱なキンセンカの苗が植えてあり、夏に咲いた花の種がおちて育ったのだろうと思える一本をぼくは踏みつけてしまった。その次はマッサージ師の、めくらの夫婦の家。その家は玄関に郵便受けがおいてあるので、苦労しないで入れることができた。走っていると、靴がびたびたと音をたてる。次はスナック《ナイジェリア》、ここは女が気にくわなかった。ずうずう弁の女は、まるで新聞配達の者は自分の下僕であるというふうに、「だみじゃないの、いつも教えているでしょ、入口じゃなく、裏までまわって入れてちょうだい」とこのあいだもぼくの顔をみると言った。「だみですか」ぼくはその女のなまりをまねして言ってやった。ぼくはスナック《ナイジェリア》と書いた入口のドアに、ちょうど女が朝おきだしてドアをあけると犬に餌《えさ》を与えるように頭の上から新聞がパタンと音させるぐあいに計算して、ひっかけた。あの女はそれにがまんできない。ここはこれで×印が三つ。通りを走って路地に入ると他の新聞社の配達に出あった。すれちがいざまに男は「おっす」と声をかけた。ぼくは反射的に「めっす」と答えた。

鶴声荘は入口に便所がある三畳だけの部屋が一階と二階をあわせて二十七ほどならんだおおきなアパートだった。ここにすんでいる人間は老人ばかりのようだった。先日、浜地とみが、いつも金を払ってくれる日時である一日の午後三時にいくとドアをたたいてもどなってもいないので、となりの部屋の住人にきこうと思ってドアをたたくと、中から白髪頭のおとなしそうな老婆がでてきた。「はまじさん、はまじさん」と老婆は見当ちがいに大きなきいきい声でどなった。その声におどろいたのか、三つとなりの部屋から坊主頭のチャンチャンコをラクダの下着の上にきこんだ七十すぎにみえる男が顔を出し、「いないのかあ」と怒ったように言った。「はまじさん、はまじさんどうしたの、新聞屋さんがきてますよ」老婆はきいきい声で中に浜地とみがいるようにどなりつづけた。「声だせないの？」男がももひきのまませったをつっかけてひょいひょいと体をみがるにゆすりながらきて、「とみさんよお、とみさんよお、いないのかあ」とドアに口をくっつけるようにして言った。「はまじさん、どうしたの、はまじさん、はまじさん」むかいの部屋のドアがあき、年とりすぎて鈍くなった野良猫のような顔をした老婆が顔を出した。「もういいよ、またくるから」ぼくが騒ぎがこれ以上おおきくなるのをおそれて言っても、となりの部屋の老婆はぎしぎし硝子をこするような声で浜地とみの名前をよびつづけた。ぼくはこのアパートが苦手だった。アパートの入口に、雨樋《あまどい》が古くなって弾力を失った血管のように破けて雨水がいきおいよくふりおち、水たまりができていた。風がおさまらないらしく椿《つばき》の木が音をたてておちてゆれていた。ぼくは浜地とみの部屋の中に新聞をいれ、それが下に音をたてておちるのをたしかめて、それから全速力で走って次の松島悟太郎の家の前まで行った。犬が吠えていた。雨戸がぴったりとしまっていた。玄関の戸と戸の隙間に新聞をさしこみながら、不意にぼくは、この家の中では人間があたたかいふとんの中で眠っているのだという あたりまえのことに気づき、そのあたりまえが自分にはずっと縁のないものだったのを知った。午前五時半をもうすぎたろう。夜はまだあけない。空は薄暗くところどころまっ黒に塗りつぶされたままある。雨がぼくの顔面をたたいた。それが心地よくぼくはひとつ鼻でおおきく息をすった。そして神の啓示のようにとつぜん、二十歳までなにごとかやる、そうして死ぬ、と思った。それはぼくにとって重大な発見だった。なんとかその年齢まで生きてやろう、しかしその後は知らない。松島悟太郎、この家は無印だが、発見した場所を記念して、一家全員死刑、どのような方法で執行するかは、あとで決定することにする。右翼に涙はいらない、この街をかけめぐる犬の精神に、感傷はいらない。

ゆるい勾配《こうばい》の坂をのぼりきったところに四つ角があり、その角は印刷工場《こうば》で、もうおきてパタンパタンと音させて機械をうごかしていた。朝がそのあたり一帯だけにかたまって、つけっぱなしにされたラジオが讃美歌をながしていた。名前を知らない街路樹の枯れた葉っぱが鳥の死骸のように落ちてぬれ、道路にへばりついていた。そのとなりのつぎはぎだらけのバラック建ての家が、ぼくの配っている新聞をとっていた。その次、二軒むこうの角を入ったところがみどり荘。ぼくはいつもとはちがって、先に便所に入って、ごわごわして冷たい合羽のジャンパアとズボンのジッパアを二度おろすのもまだるっこく感じながら、かじかんで固くなった性器をとりだして小便した。腹のほうから波をうって寒さがおしよせてき、ぼくはみぶるいした。黄色い電球の光に照らされたぼくの顔がいま水の中から上ってきたようにびしょびしょにぬれて鏡に映っていた。廊下に足跡をつけながら西村浩次の部屋の前にいき、新聞を入れた。この男はどうも受験生らしくいつも部屋に電灯がついていた。タクシーの運転手の部屋は別の新聞配達の配るスポーツ新聞をとっていた。

みどり荘の外に出ると雨はやみ、空が朝の幕あけを示す群青に変っていくのがわかった。あと五分の二ほどまわらなければならないということが億劫《おっくう》に感じられた。アスファルトの濡れた道路がつめたかった。ぼくは雨合羽の帽子をはずして右側の雨水のたまっているポケットにつっこみ、いまはじまった朝の凍えた空気と自分の体のぬくもりが完全につりあう黄金比のところにもっていこうと、鼻で息をととのえながら走った。鼻腔《びこう》が空気をすうたびにつめたく、ぼくは自分が健康な犬のように思えた。高山梨一郎の家の郵便受けのささくれはまだなおっていなかった。

あらたに三重の×印の家を三つ、二重×を四つぼくはつくった。刑の執行をおえた家には斜線をひいて区別した。物理の法則にのっとってぼくの地図は書きくわえられ、書きなおされ消された。ぼくは広大なとてつもなく獰猛《どうもう》でしかもやさしい精神そのものとして物理のノートにむかいあった。ぼくは完全な精神、ぼくはつくりあげて破壊する者、ぼくは神だった。世界はぼくの手の中にあった。ぼく自身ですらぼくの手の中にあった。ぼくはときどき英文解釈をこころみたり単純な代数の計算をやっているぼく自身が滑稽《こっけい》に思えるときがあり、うじ虫野郎と自分のことを悪罵《あくば》するのだった。そんなことをやってなんになるというのだ、ににんがしは斎藤や紺野にまかせておけばよい、この世界の敗残者であろうと勝利者であろうとそいつらはひとつ穴のむじなだ、どちらも大甘の甘、善人づらにこけがはえるてあいだ。予備校へ通ってどうしようというのだ。ぼくは斎藤が腹だたしかった。朝の光がとなりのアパートの硝子窓にあたってはねかえり、ちょうど机にむかって坐ったぼくの顔にあたっていた。紺野は、淫売のマリアさまのところにいそいそと出かけた。その姿はぼくには理解できかねた。もしかすると淫売のマリアさまそのものが実際に存在なんかしなくって、紺野がおもしろおかしくはなしをするためにでっちあげた架空の人物かもしれない、とぼくは思った。ああ救けてください、ああこのぼくがすべりおちるのをくいとめる術を教えてください、人の前でぼくだったら口が裂けても言えないセリフを、あの男はいかにもほんとうらしく感情こめて言えるのだ。朝の雨に濡れて風邪をひきかけているのか体の芯の部分が寒く、鼻の奥が重ったるかった。部屋はあいかわらずきたなかった。そのきたならしい印象を与える元凶は、壁にまるめられた紺野のふとんだった。ぼくのふとんは四つにたたんで部屋の隅につみあげられてあるのに、紺野はだらしなくぐるぐるドーナツのようにまいて壁にくっつけ、それをソファのかわりにして坐ったりねころんだりする。時々ぼくのふとんにも腰かけようとするのだった。ぼくは紺野のまねをして鼻に抜ける力のない笑いをグスッとひとつやってみ、「どういうぐあいにいきていったらいいのかわかあらないもんなあ」と言ってみた。「女をだますのはわるいとかよいこととかじゃないな、もってうまれついた性みたいなもんでな」わけしり顔で紺野は言うのだった。それからすぐ女をどのようにしてひっかけてだますかというはなしになる。しかし紺野はけっして女との性交のはなしをしなかった。それがすくいといえばすくいだった。

ぼくは正午ちかくの光を感じながら、昼飯をたべるために定食屋にむかって歩いた。空が眩《まぶ》しくひかっていた。雨あがりの風のつめたさと純粋で透明な光が心地よかった。街路樹の蟹の甲羅をおもわせる枯れかかった葉や茶色の幹が硝子繊維をくっつけたように雨水をすってひかり、その光景はぼくが一年ちかくずっとすんでみあきている街のものとは思えないほどだった。こんな光景の街のアパートの一室に、死ぬの生きるのといって夫婦喧嘩をなんどもなんどもやっている人間たちがいることが不思議だった。おびえた子供が泣くこともできずただおとなしくうずくまって喧嘩が終るのを待っている、そのようなことがあるのが不思議だった。なぜそれが不思議に思えるのだろうか？　この雨あがりの光景か、それともその夫婦や子供の、どちらかが嘘だろうか？　いや、どちらも嘘だし、どちらもほんとうだ。親や兄弟の醜くむごいいさかいなどまったく知らず、ふかふかのふとんあたりまえ、こころやさしい母の笑い声あたりまえ、姉のしあわせな歌声あたりまえに育つ子供はいっぱいいる。母親のたけりくるった顔や、姉の喉が裂けひきちぎれるような痛い声を眼にし耳にする子供のほうがむしろまれなのだ。犬がよたよた尻尾をふりながらぼくに近よってきた。ぼくは腰をかがめ口笛をふいてよんだ。ああ救けてください、ああ、このぼくがすべりおちるのをくいとめてください、ぼくは紺野の言葉をおもいだし、犬がいくら呼んでも一メートルほど手前で尻尾をふったまま近よらないので口笛をふくのをあきらめた。そして、それはまったく発作的だった。ぼくは、煙草屋の前の赤電話の受話器をつかみ、ダイアルをまわし、相手の名前もたしかめもしないで、「ばかやろう！」とどなった。「てめえ、まともにおてんとさまおがめると思ってるのか、皮剝いで足に針金つけててめえの販売店の軒《のき》からぶらさげてやっからな」相手の声をきかないうちにぼくは受話器をおいた。店先に坐っていた眼鏡の老婆がぼくの顔をけげんな表情でみていた。

もしもし、とぼくは喉の奥でつぶした声を出した。もしもし、あのう、とぼくは言葉をさがした。定食屋で食った野菜炒めと味噌汁とライスが喉元あたりにひっかかっている気がし、キリンビールの名前の入ったコップの水をのみほしてこなかったことをくやんだ。電話ボックスの硝子に額をくっつけ、ずりおちて道路にはりついたポスターの横文字を読もうとした。「切符がほしいんだけど」男の声は愛想よい人間を想像させた。「え、なんの切符ですかって、ばっかだなあ、駅に電話かけて映画の切符のことききくばかがあるかよ、汽車の切符にきまってるよ」JOINTとポスターの横文字は読めた。ぼくは声を出さずに笑った。「駅にだって映画の切符ぐらいありますよ、七階のカウンターに行けば。どの列車のでしょうときいたんですよ」

「映画じゃない、汽車の切符なんだ、南のほうへ行くあれ、なんてったっけ」

「どちらへいくんですか、鹿児島？」

「ちがうちがう、夜さあ、出るやつ、あれなんとかっていったんだな、こっち夜の八時ごろ出て、朝むこうにつくやつだよ」

「玄海かな、東京駅を二十時半に出ます」

「それだったかな、まあいいや、それの今日の切符ありますか？」

「今日のですか？　今日のねえ、切符」ちょっと待ってくださいと男は言い、それから席をはずして調べにいったようだった。あまり長びくようだったら電話を切ってやろうと思った。すぐ男は戻った。「ああ、いま全部売りきれてますね、ひょっとしたらひとつぐらいあくかもしれませんけど。緑の窓口って知ってますか、そこにいってみたらわかるかもしれませんが。他の列車は？　どちらまででしたか」

「いいんだ、今日のあの汽車じゃなくっちゃ意味ないんだ、あのさあ、こうなりゃしようがないからおしえてやるよ、ぼくの兄貴がさ、ダイナマイトで爆弾つくってあれに乗るから、ふっとんでめちゃくちゃにならないうちにとめようと思ってたのさ。狂ってんだよ、どうしようもないんだよ。兄貴のやつ朝の四時にセットしてるんだ、おれはやめろって言った。おれが言ったってネジのとれたゼンマイ仕掛の兄貴のアタマにはききゃあしない。もういま実際にみんなふっとんで血だらけになって倒れているのをみてるようなもんだ、ぶっとんでしまう」そう言ってぼくは電話を切った。笑いがあぶくをはじきながら喉元をはいのぼってくる。

その夜、紺野は夕刊をくばりおえてきたぼくをみつけると、すぐ部屋の戸をしめろと言い、そして自分の読んだ本をつみあげた上に放りなげたどぶねずみ色のコートの中から得意げに金の束をとりだし、子供が鳥の卵をみつけたとでもいうように瞼がとけて一本の線になるほどはずかしげな笑いをつくった。「金さ、金。あの人がおれを救けてくれたんだ。あの人がおれをためしてみてくれたんだ、裏切らないぞ、絶対に。絶対に、あの人をだましたりしないぞ」

「いくらある」

「数えてみりゃいいよ」紺野は眼と口元にやわらかいえみをつくってみせる。薄い口唇が先のほうでささくれて白い歯がみえ、それが奇妙に紺野の顔をやさしく、そしてずるがしこくみせている。「おれがここから出ていける金、九万八千円、あの人らしいなあ、おれはあの人が心底すきだ、河馬みたいに肥ってね、なにもかもぐちゃぐちゃになってしまっているような人だけどね、まだ君にはわからんだろうな。おれはここを出ていくよ、おれはもう一度ほんとうにやりなおすよ」

ぼくは自分の陣地である椅子に坐り、ふけているのか若いのかわからない三十幾つかの男の、舌に油をぬった饒舌《じょうぜつ》をただきいていた。この男は三十幾つまで生きながらえてまだなにひとつわかっていない、と思った。「淫売のマリアさまをたぶらかして金とってきたんだろ、要するに」

「たぶらかしたんじゃないって」

「そんなに大さわぎすることないさ、たかだか九万八千円じゃないか」

「君はね、人のこころというやつがわからないんだよ、人のこころをたかだかなんていうのはごうまんだよ、じゃあ百万ならいいのか、二百万円ぐらいならたかだかじゃないのか？　九万八千円はたかだかじゃないよ、こころだよ、君がそんなことといえるのは、精神の不具のせいだよ」

「だけどたぶらかしたんだろ、五十女から金をだましとってきたんだろ」

「そうじゃない、そうじゃあないんだ、この金はあの人がこのおれをためしているんだよ、涙いっぱい眼にためて、あなたねえ、死んじゃだめよお、ぜったいに死んじゃあだめよう、つらいめするのはわたしやわたしの親兄弟だけでいいの、死ぬほどつらいのはあなただけじゃなくって他にいっぱいいるの、ほんとうにいっぱいいるの、わたしだってこうして息をしてるのがせいいっぱいだけど、死なないでいるの、死ねないのお、と言うんだ。あの人は一番下の下、底の底で生きててくれるんだ。あの人の金、あの人はこの金がなかったら二カ月ぐらいたべることができないんだよ」

「どうせ身の上相談か、一回百円ぐらいの淫売でかせいだんだろ」

「だからだよ、だからたかだかじゃなくってこころだというんだ」

「あのさあ、紺野さん」ぼくは紺野にむかって子供っぽい声を出した。「ぼくさあ、全然女のことしらないんだ、だからその金でね、ぼくをトルコかなんかに連れてって女のこと教えてくれないかなあ？」ぼくが悪戯《いたずら》のつもりで言うと、紺野は歯をみせ、眼をほそめて笑い、「そうこなくっちゃあ」と言った。「この金の使いみちはそれが一番かもしれない」紺野は金をたてに二つ折りにしてもち、ふとんに腰かけた。

「すぐわるのりするからな、こころはどうするんだよ」

「こころはこころだよ、ぼくのかさぶただらけのでぶでぶふとったマリアさまは、おれや他の人間が裏切ったりだましたりすればするほど、輝やかしくうつくしいこころとしてひかるんだ。おれはさ、この九万八千円を痛いいたいと思いながらきれいさっぱりつかいはたし、そうしてまたあの人のところにでかける、そしてあの人のまえに出て、眼がつぶれそうに思いながら、また、ああ救けてくれっていうんだってことはわかっている。ああ、おじひだからたすけあげてください、どうかたすけてください、このままではずるずる死のほうにころげおちてしまう、死んでしまう、そうするとあの人は、いいのよおっていうよ、そんなに思いつめなくってもいいのよお、だれにでもあること、どうしようもないこと、そんなに苦しまなくったっていいの、おれはまたそう言われるのがつらいんだ」

「わるい男だよ、紺野さんは。そんな五十女たぶらかすんじゃなくってやるならもっと若いのをやればいいのに」

「たぶらかしたんじゃないっていってるだろう、この金はあくどくとってきたようなもんじゃない。ダイアモンドのような、ほんとうに人間の真心結晶させた金なんだ。君にはわからないなあ、痛いいたいって思いながらつかいはたそうと思う気持」

「さっき紺野さん、その金でここを出てって立ちなおるって言ったろ」

紺野は金を縁が手垢で黒くなったコートのポケットの中につっこみながら、彼特有の力のない曖昧《あいまい》にくずれるえみをつくった。その時、窓のむこう側、柿の木のあるとなりのアパートから子供の泣き声がきこえ、女のはっきりききとることが困難な叫び声のような言葉がきこえた。テレビの音が斎藤の部屋からきこえてきた。男のぼそぼそした声が短かくきこえ、硝子窓が荒っぽくひらかれ、「世間にきいてもらーー」と女の声がし、また荒っぽくとじられた。男の獣じみた威嚇の声がし、子供の泣き声がやみ、それから静かになった。ぼくは椅子に坐ったまま、裸電球が急にあかるさをまし、光のけばをまきちらしているのをみつめた。「あの人はほんとうにうつくしいんだ、一番下の下、底の底にいてうつくしいんだ、あの人の家にいったらそれこそなんにもないんだよ、電話だってただ外からかかってくるのをきくだけ、あの人にむかって何人ああたすけてくれって言ったかわからない、そんな人が、みるにみかねて、米とかビスケットとか、ショートケーキをおいていく。米がないときはあの人はショートケーキくってるんだ。ああたすけてください、ショートケーキばかり食って栄養失調になりぶくぶくふとったマリアさま、あの人の九万八千円ってどういう金かわかるだろう」

「もういいよ、もうききたくないよ。どうせそれもでたらめなんだろ」

紺野がどぶねずみ色のシャツの胸ポケットから煙草をとりだし、火をつけるために新聞紙の散らかった中からマッチ棒をさがしている時、静かになっていたとなりのアパートから再び「いっそのことこの子とあたしを殺してくれえ」と叫ぶ女の声がきこえた。またはじまったと思った。「この子とわたしが死んでしまえば世の中おわるんだ、ちくしょう、甲斐性もありはしないのに。戻ってなどこなくたってえ、だれもあんたのことなんか待ってやしない、なぐりやがれ、さあなぐりやがれえ」それから息をつぐために女は黙った。亭主が殴りつけたか、一言二言、低くうめくように言ったかした。「あんたのようにお上品になど生れてるもんか、声の大きいのも口が悪いのも、あたしの身上さ、なに言ってやがんだ、男のくせにぐだぐだして、ああやってくれ、かっぱ野郎、女と寝ることと女を殴ることしか能がないくせに」肉が肉をうつ音がきこえた。「いくらでも言ってやる、このまえのとき、兄さんに手をついてあやまったじゃないか」女は泣きはじめた。「かっぱ野郎、手をついてあやまったじゃないか、あれは嘘かよ。兄さんはね、あたしはもういやだ、まだ若いし、と首を横にふっていたのを、あんなに言ってるじゃないかととりなした。となりで手ついて頼んで、久美子を、勝彦をしあわせにしますってどの舌で言ったの、ちくしょう、人を殴りやがって、わたしはね、自分の親にだって、三人もいる兄さんたちにだって頭ひとつこづかれたことないんだ、お大尽のくらしじゃなかったけど、蝶よ花よと大事にされてきたんだ、ちくしょう」女は犬の遠吠のように尾をひいて泣き、それから不意に泣きやむと、「ちくしょう、てめえだけ一人前みたいに思いやがっててえ、殺してえやる」と叫んだ。金物が上からおちる音がし、木でできたものが柱か机にうちつけられこわれる音がひびき、そして男の、「やめろ、やめろ」と妙にしらけた声がきこえた。となりのアパートの一部屋でなにがおこなわれているのかぼくはだいたい想像できた。ぼくは息をつめ耳をすましていた。紺野は煙草を指にかくすようにつかんで深くすいこみ、けむりをひっそりと吐きだした。ぼくは不意に、ぼくが同郷の岐阜出身の右翼だと電話をかけた高山梨一郎の家でも、こんな夫婦喧嘩がおこなわれるのだろうかと思った。「殺してやる、おまえを殺してから死んでやる、勝彦といっしょにおまえを殺してやる」女の声は荒い息でとぎれとぎれだった。窓に体があたったらしく硝子が破れ、それが下におち、またくだけた。どこからか、いいかげんにしろよう、という男の声がきこえた。

紺野は煙草を指ではさんだまま身をこごめ、ずるずると鼻水の音をたてながら泣いていた。ぼくはなにもかもみたくないと思った。太陽を正視していると目がくらみ、すべてがうすぐらくきたならしくみえるように、いや太陽そのものが風呂敷包みのまん中にぽっかりあいた穴のようにみえ、不快になり、すべてでたらめであり、嘘であり、自分が生きていることとそのことが、生きるにあたいしない二束三文のねうちのガラクタだと思いこんでしまう、そんな感じになりはじめた。ぼくは十九歳の予備校生だった。いや、新聞配達少年だった。ぼくには希望がなかった。紺野はまだぐずぐず鼻汁をすすりながら泣いていた。ぼくはジャンパアをはおり、朝刊を配るとき使うために買っておいた青と白のまだらのマフラーを首にまくと、紺野を部屋の中に残して外に出た。廊下のつきあたりの水洗便所の水はあいかわらず流れっぱなしだった。歩くたびにぎしぎし鳴る廊下を通り、階段をおり、ゲタ箱の中からぼくの踵の踏みつぶれたバックスキンの靴をさがした。水の音が靴をさがしているぼくの背後からきこえつづけた。

尻ポケットからアドレス帖を出し、紺野に教わって書きとめておいた番号を調べ、空で暗記してから十円玉をいれ、ダイアルをまわした。もしもし、と女の鼻の奥から脳天につきぬけるような声がした。ぼくはその声があまりにももろくて下手をすると途中でぷっつりと切れてしまいそうなのにとまどい、想像していたすさみきったがら声とはまるっきりちがうのを知った。もしもし、女は不安げに言った。「もしもし、どなたでしょうか？」ぼくは黙っていた。

「もしもし、どなたでしょうか？」女の声はたずねた。

「あのう、ぼく紺野の弟ですが」

「紺野さん？　こんのさん？　わかりませんが」女は言った。

「あんたでしょう、紺野さんにたぶらかされたの。あんたでしょう、あいつに金わたしたの。あいつは悪どいやつなんだぜ、あいつはあれを遊びまわる資金にしようとしてるんだよ」

「もしもし、なんのことかわかりませんが、どちらさまでしょうか？」

「だからぼくはそいつの弟だって言ってるだろ、あいつは悪いやつなんだ、計画的にあんたをだましているんだ」

「もしもし、わたくし、おおばやしですが」

「いいんだ、あいつをかばわなくたって、あいつ、あんたの前で、ああ救けてくれ、死んでしまいそうだからひきとめてくれって言ってるけど、みんな嘘なんだ、あんたのかげで舌を出してるんだぜ」

「どういうおはなしかさっぱりわかりませんが」

「九万八千円だましとられたんだぜ、あいつはきたないやつなんだ」ぼくはいらいらした。女の語尾のふるえる細い高い声がカンにさわった。「あんただろう、かさぶただらけの淫売のマリアさまって言うの、あいつは毎日毎日あんたの噂してるよ、おれはさあ、だから、あんたがどんなに嘘ついたってわかってるんだ、あんたはばかだよ、あんなやつに同情することなんかないんだ、死んでしまうって言ってるやつに死んだためしなどあるか、あんなやつは死にたいというのなら死なせてやれば一番いいんだ」そして不意にぼくは電話の受話器を耳にあて壁にもたれているふとった女の姿を想像した。「おまえだってそうだぜ、うじ虫のように生きてそれをうりものにしてるのならさっさと首でもくくって死んでしまったらどうだよ、だいたいごうまんだよ、自分一人この世の不幸しょってるなんて顔をして、人に、死ぬんじゃない生きてろなんて言うの。おまえんとこなんかにでかけていって救けてくれなんて言うやつのこころの中はな、ちょうど、手足が牛の形をした牛女を見世物小屋にみにいくような気分なんだ。冗談じゃない、だれがまともな気持であたすけてくれなんて言うか、更生資金に九万八千円めぐんでやったと思ってるんだろう。ところがあいつはそれをトルコに行って使いはたすんだと言ってるよ、おまえなんか、そんなに生きてるのが苦しいのなら、さっさと死ねばいいんだ。きたならしいよ、みぐるしいよ」

「もしもし、わたしおおばやしですが」女はいった。

「だから、おれは、おまえみたいなやつがこの世にいることが気持わるくって耐えられない、腹だたしくってしようがない、嘘をつきやがって」ぼくが言葉を吐きちらすように言うと、不意に受話器のむこう側で風がふきはじめたような音がひびき、糸のような、つまり触るとぽろぽろこぼれてしまいそうなこまかい硝子細工でできたような声がし、「死ねないのよお」と言った。「死ねないのよお、ずうっとずうっとまえから死ねないのよお、ああ、ゆるしてほしかったのお、なんども死んだあけど、だけど生きてるのお」女はうめくように言いつづけた。「ああゆるしてよお、ゆるしてほしいのお」ぼくはその声をきき、なにかが計算ちがいで失敗したと思った。「ゆるしてくれえないのよお、死ねないのよお」女がなおも細いうめくような泣き声で言い、ぼくはその言葉にではなくて声に腹を立て、「嘘をつけ」と吠えつくようにどなった。「嘘をつけ」たしかに確実にぼくは嘘だと思った。そう思わないととりかえしのつかないことをしてしまったようでがまんならなくなってしまうと思った。「ああ、ゆるしてよお」ぼくは乱暴に電話を切った。そしてすぐにもう一度ダイアルをまわし、金が下におちる音がし、「はい高山ですが」という女の声をたしかめた。ぼくは呼吸をとめ、そして一気に、「おれは右翼だ、おまえたちのやってることはみんな調べあげたからな、ここでな、どういうふうにごまかしても、みんなわかってるんだ、肉屋の牛の脚みたいにてめえらひんむいてやる」と言い、相手の反応をまたないですぐ電話を切った。次は白井清明、ぼくはジャンパアのポケットに入れてある十円玉をつかみ、それを穴におとし、ゆっくりとダイアルをまわした。指先がつめたかった。通りはくらく、時折タクシーやオートバイが通りすぎた。「もしもし、ぼく、おたくの前にひっこしてきたものですが」とぼくはやさしくおとなしい声を出した。「お宅ね、よく吠える犬飼ってるでしょう、あの犬いまいますか？　いいんです、ぼく保健所などに勤めてませんから、いまいますか？　そこからみえる？　そうでしょう、吠えてる声もきこえないでしょ、あとでその犬、見舞ってやってください、あんまりうるさくぼくに吠えつくから、頭殴りつけたら死んじゃったんです、玄関のブロックの門のところに針金でくくりつけてぶらさげてありますから」ぼくはそれだけ言うと丁寧に受話器をおいた。ぼくはジャンパアの左ポケットに入れていた煙草をとりだし、火をつけ、吸った。ぼくの顔がゆらめく炎にうかびあがり、炎が消えるといつもの青ざめたいやらしい顔に戻って電話ボックスの硝子に映った。その硝子に額をくっつけて、ぼくは外をみた。そうだ、あしたは日曜日だ。なんとなく外はあったかくって、うれしそうだった。しかしながらここはちがう、このぼくはちがう。

　ぼくはまたジャンパアのポケットから十円玉をとりだし、それを穴の中にいれてダイアルをまわした。氷のつぶがとけてにじみだすように涙が眼の奥から出てき、ぼくはいそいでジャンパアのそででぬぐった。ぼくは受話器をおき、あらたに十円玉をいれなおしてゆっくりとダイアルをまわした。

「もしもし、なんでしょうか?」男は言った。もしもし、と低くこもった鼻声でぼくは言った。ぼくは子供っぽい自分の声がいやで、喉をおしつぶすように力をこめ、「もしもうし、東京駅ですかあ」と陽気すぎる声を出した。「はい、はあい、東京駅ですが、なんでしょうか?」電話の声は若く弾んだ感じだった。「きのうもこのまえも、おれ、ずうっと電話してるんだ、おまえたち嘘だと思ってるんだろう、いたずらだと思ってるんだろう? だけどちがうんだ、ほんとうだよ、ほんとうにおれはやるつもりだぜ、おれの弟のやつが電話して、おれのこと、頭のネジが一本抜けおちたやつって言ったんだって？」

「もしもし、担当者にかわりました、なんでしょうか」年老いた男の声がした。それはこの前電話した時の男の声だった。「なんでしょうかもないよ、いいか弟の言ってることは嘘じゃないんだ、嘘なのは頭のネジが一本抜けおちてるってことだけだよ、世の中におれほどまともなやつがいるか。いいか、今日こそやってやっからな」

「爆破するって言うのですか？」

「爆破なんて甘っちょろいよ、ふっとばしてやるって言ってるんだ、ふっとばしてやるんだよ」

「いいですか、もうすこし冷静になってください、どうしてふっとばさなきゃいけないのですか？」

「どうしてもだよ」

「なんとか思いとどまっていただく方法はないのですか、なぜあなたがそんなこと考えているのか、わたしたちは全然わからないんですよ、いったい目的はなんなのか？たとえばねえ、目的が金だというのでしたら、わたしたちだって、それはそれなりに理解できますが」

「金なんかいらないよ、そんなものくさるほどもってるよ」

「なにかね、なにか他に方法はないのですか」

「なんにもないね」

「もしもし、わたしたちもっとくわしくうかがいたいのですがね。よくわからないんですよ」別の男が電話口にでた。ぼくは「うるさい!」とどなった。「てめえとはなしてるんじゃない」すぐいつもの声にかわり「すみませんでした」と言った。「いまのは責任者です。みんな心配してるんです、なんとか思いとどまっていただけないもんでしょうか。満員なんですよ、これからずっと」

「おれの知ったことじゃないね」

「どうして玄海号なんですか」

「なんでもいいんだよ、だけど玄海になったんだ、しようがないじゃないか、任意の一点だよ、いいか、おれがノートにでたらめに点々をつくるだろ、一線と他の線が交錯する部分、それを一つでも二つでも白いノートにつくったこととといっしょだよ、その点をけしごむでけすんだ、それがわからなきゃけしごむのかすでもなめてろ」

「わからないですねえ、なぜ玄海ですか」

「うすらばか、とんま、なぜもへちまもあるかよ。点がな、猫だったら猫を殺す、点がみかんだったらみかんをつぶす」

「でも猫をなげつけたり、みかんをふみつぶしたりする人はいても、なにかが腹だたしいからといって列車を爆破する人なんてめったにいませんよ」

「それはみんな甘いからだよ、でれでれ生きて曖昧にすごしてるからだよ」

「そんなことないですよ、人間なんてそんなに数学みたいに簡単じゃないでしょ」

「いいよ、おまえとそんなこと議論してる暇ないんだ。いいか、今日の十二時きっかりに爆破するからな、ふっとばしてやるからな、玄海だぞ」ぼくが受話器を切ろうとしても受話器から男の「なぜ任意なのかわか……」としゃべる声がきこえていた。ぼくは受話器をおいた。


体が寒気のためにかすかにふるえていた。外は風がでてきたらしく、車道のむこう側のアイディア商品を売る店の看板がゆれていた。ぼくは体の中ががらっぽになってしまった感じだった。そしてそのからっぽの体の中で、ゆるしてえくれないのよお、という女の声が風にふるえる茶色く痛んだ葉の音のように鳴っているのを知り、もう一度女に電話をかけて、その声が紺野の言うかさぶただらけのよごれたマリアさまかどうかたしかめ、そうだったら、ああ救けてください、と紺野のように言ってからかってやろう、と思ったが、ぼくはやめた。そんなことをしてなんになる。ぼくは扉を押して外に出た。喉元に反吐のような柔らかくぶよぶよしたものがこみあげてき、それをのみこむためにつめたい外の空気をひとつすった。これが人生ってやつだ、とぼくは思った。氷のつぶのような涙がころがるように出てき、ぼくはそれを指でぬぐった。ぼくはそんな自分の仕種が紺野のまねをしているように思えて、むりにグスッと鼻で笑った。不意に、ぼくの体の中心部にあった固く結晶したなにかがとけてしまったように、眼の奥からさらさらしたあたたかい涙がながれだした。ぼくはとめどなく流れだすぬくもった涙に恍惚《こうこつ》となりながら、立っていた。なんどもなんども死んだあけど生きてるのよお、声ががらんとした体の中でひびきあっているのを感じた。眼からあふれている涙が、体の中いっぱいにたまればよいと思いながら、電話ボックスのそばの歩道で、ぼくは白痴の新聞配達になってただつっ立って、声を出さずに泣いているのだった。

蝸牛《かたつむり》

水のにおいのまじった風を感じた。郵便局の建物を右におれて、そこからすぐS市の真中を断ちわるように流れる川の堤に出た。六月の光は、濃く粘ねばしていた。なにもかも粘ついてみえた。柔らかい風は、堤に密生した草をかすかにうごめかせるだけだった。幼稚園にいっている輝明をむかえに堤の道を歩いた。それがここ四カ月ほどぼくの日課だった。光子はむかいの八百屋が経営するアパートでまだ寝ているはずだった。この四カ月ほどの生活で、ぼくは、光子がいまじぶんなにをしているのかすっかりわかる気がした。単純な女だった。髪にクリップをまきつけてうつらうつらやり、一時にかけた目覚し時計が鳴り出すと、起きあがり、布団をたたみ、座卓を出し、カーディガンをひっかけて、輝明の好きなでんぶと煮豆を八百屋に買いに行く。ぼくと光子二人のおかずは、きまって魚の干物だった。そこで光子は八百屋の内儀《おかみ》さんと立ち話をする。光子の部屋に転《ころが》りこんだばかりのころ、なにをそんなに話すことがあるのだとなじるように訊《き》いたことがあるが、光子は内儀さんと、「お寺さんのことはなしてたん」と言った。「ひろしさんはうちをいくつやと思うん、もう三十越えるんやで」「三十じゃないだろ、三十五だろ」そう言うと、光子はまるで、アナルコのバーテンにでもからかわれたというように、「そんないけず言うて」とぼくの脇腹をつねりに来た。「わてももうすぐ婆やんになるさかね、そろそろお経の練習もしておかなんだらな。ひろしさんにはまだわからせんわね」

川の水のにおいと堤の草むらのはなつにおいを感じとめながら、堤の道が途中で急に太くなり、その先の、崩れてしまいそうになった木の橋にむかって歩いた。この市に舞い戻ってから、なにひとつ体を動かすことをしていないため、筋肉という筋肉がなまくらに重くなっている。ぼくはシャドウボクシングの真似をしてみた。はっはっ、と荒い息の音をわざとらしくたててみたが、自分の体の中にたまっている眠気のようなもの、なまくらに呆けているものは消えなかった。

橋をわたり、堤から左に折れ、コンクリート舗装《ほそう》の道から一段低くなった家の玄関で、右手が親指と人差指だけしかない、ちょうど牛のひづめのような具合になった男が、右手に柄杓《ひしゃく》をもち、左手に半分ほど水のはいったバケツをもって、コンクリートのたたきに並べた植木鉢に水をまいていた。男は、ぼくの顔をみると潮風で焼けた顔をこわばらせ、柄杓にくんだ水を投げつけるようにまいて玄関の中に入っていった。男の指はウツボの鋭い歯で嚙《か》みちぎられたとか機械で三本断ち切ってしまったとかいう後天的なものでなく、五本の指となるべきものが、何の因果か、不幸にも二つに大きく裂けた感じだった。男とはぼくが輝明をつれてとおるたびに出会った。

　光が屋根の瓦に白く反射していた。奇形の指をもつ男に育てられた鉢からどんな花が咲くだろうか？　肥料を吸い光を細胞のひとつひとつに含み、牛のひづめの手の男に育てられた植物は、他のどのような植物よりも充分に茎をのばし葉を萎縮《いしゆく》させることなくひろげ、大きく鮮やかな色の花をつける。それは危険な、ひとつ狂えばなにもかもバランスを崩してしまうたくらみに思えた。あの男はなんとなく好きでない。輝明は男と顔をあわせるたびに、「おいさあん」と呼びかけ、男の家へ入っていこうとする。男は、ぼくがそばにいることをまったく無視して、笑いかけることも話しかけることも拒むようにただ輝明を呼び、抱きあげ、家の中につれこむ。輝明のために買いおいた飴《あめ》やプラスチックの動物がおまけについたキャラメルをもたせる。輝明が男の家から出てくるまで、ぼくは所在なく待っている。「お母《かあ》に言うたれ、若い男らと乳繰りおうてばかりおったら、そのうち天罰があたる、言うて」男は輝明にそんなあてこすりを言った。光子の話によると、男は輝明の父親の縁つづきらしかった。

　波の音がしていた。眼をあけると天井に、輝明が言うとおり赭《あか》い象の形をした雨漏りの跡があった。夜中鳴り響く波の音に気づくたびに、ぼくは喉元《のどもと》を熱くしめあげられ、きまってせつなくなった。光子はかすかないびきをたてていた。午前十時半、輝明は幼稚園にいっている。波の音は、夜半より弱まっていた。ぼくは横をむいて眠っている光子の後から手をまわし、うすいそれだけでみだらな感じをあたえる赤いネグリジェから乳房をつかんだ。「なんや、もう、おばんのといっしょやな」光子は犬が威嚇《いかく》するような声をたてて寝返りをうち、不意に目覚めたのか顔をおこし、「輝明は？」とかすれ声で訊いた。

「幼稚園だよ」

「御飯食べてた？」

「ああ、弁当もってくってぐずってたけど、パンでがまんしろって千円やったよ」

「千円？」光子はぼくの手をはらいのけネグリジェの前をあわせて起きあがった。寝不足のためか眼のふちが赤くなり、そのために顔全体がきつくなっていた。「五十円でよかったんやのに……。輝明が千円もっても、どっこも使うとこあらせんのに」光子は腹にまわしたぼくの手の甲を力いっぱいつねり、「このすけべ男、なんかとまちがえとるのか、人を機械と思とるの？」と言って立ちあがり、自分のかけていた布団を思いっきり払った。「きのうの夜、じゅうぶんしたやないの。またなあ、夜になったら、姉ちゃん、じゅうぶん、遊んだるさか、それまでおとなしゅう、待っててや」

「若い娘と遊ぼうかな、このあたりにでもけっこういるぜ」

「そんなことしたら、どんなになるか。ええか、若い男をひっぱりこんでくらしとるのは、一人ものの女にはあたりまえのことや。そうやけど自分から追いだしたんでもないのに、若い男がそこらの娘とくっついたとか、いっしょに逃げたとなると、わたしの恥や。どんなことになるか見物やわ」光子は布団をたたみはじめた。ぼくははらばいになり、外で子供の泣き声とそれをなだめる老婆の声を耳にしながら、枕元においてある煙草をくわえ、それに火をつけた。まだ起きるにははやかった。起きたとしても職をもっているわけではないので、時間をもてあましてしまうのはわかりきっている。漁港まで歩いていったとしても、もう海も漁船も、浜辺に網をはって腹をひらいた魚を干した光景も、見飽きていた。からっぽの浜、ろくな魚がよりつかない貧弱な湾の風景など反吐《へど》がでるばかりだった。光子は布団を四つにたたみ輝明の電車の絵を貼った襖《ふすま》をあけて押入れにつっこみ、それからぼくの布団をいきなりめくりあげ、背中に馬のりになった。「なんかしらん腹たってきた、わたしをだましとるんとちがうやろね」光子は言い、ぼくの背中の筋肉の張り具合をたしかめるように尻のあたたかいかたまりでゆすり、いきなりぼくの頭髪をつかんで、「白状せ、白状せ、わたしをだましとるんやろ」とゆさぶった。

「冗談じゃない。輝明がずっと起きてたんだから」

「十二時ごろまでもかん？　あの子はいっつも九時になったら寝るんや」

はかかるぜ」
「寝なかったんだよ、だからずっと話をきかせてたんだ、アナルコまで歩いて二十分

「もうええわ」光子はぼくの背中に重なるように体をもたせかけ、首筋に鼻と口唇をくっつけ、「だましたりしたらどうなるかわかっとるんやろねえ、だまされるのはいやや、めちゃめちゃにしたるわ。このあたりの女がどんな気性もっとるのか、とっくり教えたる」とつぶやき、唾液《だえき》でぬれた口唇をうごかした。「塩辛い味するわ。この首。垢《あか》の味かいね？」鳥肌がたつのがわかった。煙草をもう一服すって灰皿でもみ消し、脚を光子の左脚にからめて自分の背中からおとし、あおむけに体のむきをかえさせ、光子の体をひきよせた。ウェイブのかかった髪が顔にかぶさり、歳よりも幼く見えた。光子の本当の齢は三十二だった。いやそれだって嘘かもしれない。最初、ぼくがきいたとき、光子はある事情で婚期がおくれ、しようがないからこんなところで働いていると言った。アパートに行き、輝明が寝ていると、今度は、姉の子供だと言った。しかしそんなことはどうでもよかった。アナルコのように歌謡曲がひびき煙草のけむりが充満し、ボックスの蔭《かげ》にかくれるとなにをやっていても傍目《はため》にはわからないうすぐらい店にいたら、どの女でも、お客にほんとうのことを言わないだろうし、万が一ほんとうのことを言う女がいてもだれもそれをまにうけはしない。光子だってぼくの言ったことをまともになどきいてやしない。過去のことは忘れた、憶《おぼ》えていない

と言うたびに、光子は「船にのってたか、刑務所にはいってたか、どちらかやろ」と言い、ぼくを光子の頭の中で想像しうるかぎりの荒くれ男、そばによると獣の雄のにおいと暴力のにおいが鼻につく男にしたてあげたくてしようがない感じだった。だからぼくはつとめてそのような男になろうと思った。

「噛んで、思いっきり、噛んでよお」耳に湿った息を吐きかけながら光子は言い、ぼくの頭を右手で乳房のほうにおしやろうとした。昨夜の、赤紫に歯の跡のついた乳首の周囲を見ると、もういちどそんなことをすると皮膚が破れ血がふきだす気がし、それはしないでおこうとぼくは思った。光子はぼくの胸の下から体をのがそうとしてのびあがり、「噛みちぎってよお」と苦しくてたまらないふうに息を吐き、ぼくの尻にまわして抱きかかえるようにしていた脚を上にあげる。輝明の父親との生活によって体にしみこんだ癖らしかった。左手で光子の脚をおさえつける。脚はそれだけで意志をもち人に慣れようとしない動物だった。完全にぼくは体の奥まで入っている。不思議な感じだった。巨岩を御神体に祭ったこの市の山の頂上に建てられた神社の石段を、ひとつひとつ苦しい息を吐きながら登りつめるように、眼に見えないものにむかってつきすすむ。この体にわけいった男、いやこの体そのもののなりたちやとりまく環境がみえないものの正体だ。親がいて兄弟がいて子供がいる、それによってなりたっているこの体。青い血管のうきでた乳房をつかみ、焦茶《こげちゃ》色に変った乳首を親指でおさえ、額にくっついた汗のつぶと自分のかすかなわきがのにおいを感じ、奥の奥、中心にまでいき、この女のためになにかやってやりたいと思い、髪をくしゃくしゃにしてぼくをとらえたままの光子の乳首を噛んだ。波の音がしていた。

ぼくは煙草を吸いながら、砂浜ににごった波がおしよせ、泡をのこして引いていくのを想像した。波のとどかないところにあるまるいすべすべした石は、光に焼かれて熱い。この部屋から歩いて五分も離れていないのに、人の気配などまったくなかった。男と女の汗や体液のにおいでいっぱいになった部屋の外に、よけいなものをすべてそぎおとした単調なものがあるというそのことが、ぼくには不思議だった。海。光。波。石。それらは充足してそこにある。光をあびて青くふくらむ海を見るたびに、ぼくは、圧倒的に大きな一頭の巨大な獣がそこにいて、鱗《うろこ》でおおわれた腹が上下して息づいているると感じ、この世にこれほど醜くくて、不吉なものがあるだろうかと不快になるのだった。

光子はいっときぼくの髪をなぶっていた。それは光子の癖で、ぼくの短かく刈った髪を指先で波をつけるようにくるくるとまき、またひっぱって、体にはいりこみいっぱいにふくれあがった不安をなだめ、ひとつひとつ指先から解き放っているのだった。ぼくは光子にやめろと言えなかった。光子の不安はわかっていた。光子はぼくにだまされているのではないか、そのうち手ひどいめにあうのではないかと思っているのだ。

いや、光子はぼくにだまされている、手ひどいめにあわされると思いたがっていたのだ。「だましたらいややで、うちなあ、もうこれ以上だまされたら生きておれん感じや」輝明といっしょの時やアナルコにいるのとは別人の、体の一部を手で支えてやらないとたちまち内側からずるずると崩れてしまいそうな感じで、光子が言うたびに、「だまさない、だませるものか」と口に出してぼくは言い、心に誓うのだった。実際、ヒモみたいなぼくに、どうして人がだませよう。

光子はわけのわからない怒りをだれかれなしにぶちまけることがあった。牛のひづめの手をもつ、輝明の父親と縁つづきだという四十四、五の男をはじめて見たのも、光子が怒りの発作につきうごかされ、プラスチックの甲虫をもった輝明の手をひっぱって、突然部屋の外にとびだしていった時だった。堤の道を歩きながら、輝明の黄色いつばのついた幼稚園の制帽が、頭からはずれ首にひっかかっているのに、光子は、体にふくれあがった怒りに身をまかせるばかりで、気づこうとしなかった。光子がなにをしでかすのか不安で、輝明の後からぼくはついて行った。光子に手首をつかまれたまま輝明は顔をねじり、たすけてくれというように、眼尻にやわらかい笑いを浮かべた。それは、恥ずかしげにみえた。どうすることもぼくにはできなかった。二人の後から熱い息を吐き、汗をかきながら、輝明に、おまえの感じている恥ずかしさがなんとなくわかるよという意味をこめて、すぐ消えてしまうえみを返した。

光子は男の家の前にたどりつくと、いきなり、輝明がもっていたプラスチックの甲虫をとりあげ、条件反射のように道に坐りこんで泣きはじめた輝明の頭をこづき、腕をひっぱり、その家に連れこもうとした。光子に腕をひっぱられ半分ほど体をもちあげられながら、輝明は足をふり、手をうごかし、声をあげた。ぼくは光子をなだめようと思ったが、そんなことをすれば、光子の体いっぱいにひろがった怒りに火を近づけるようなものだと思い、ただ黙ってなりゆきをみまもることにした。実際、光子をなだめる術などもっていなかった。母と子の間のことなので、二人の関係にかかわりあいのないぼくの出る幕はない。

男が輝明の泣きさわぐ声をききつけたのか、たてつけの悪い玄関をがたがた音させて出てきた。男は泣いているのが輝明だと知ると、皺《しわ》の多い黒ずんだ顔をこわばらせ、「なんなよ、子供をこんなとこで泣かしたりして」と、セッタをつっかけてコンクリートの石段をあがり、ぼくがいるのに気づいて、言おうとした言葉をのみこんだ。男はすぐ視線をそらし、葉裏をみせてそよいでいる夾竹桃《きょうちくとう》を見、「こいこい、おいさんのうちで遊べ」とまだ泣きさわいでいる輝明の肩に手をかけた。それは奇妙な手だった。指というには大きすぎるものが二本しかなく、半袖の下着から出た腕はつやつやして黒く、細かった。それを男は自慢にしているようで、輝明の肩においた手はわざとらしく見えた。

「いらんてんごうすんな、子供に親の悪口吹きこまんと、わしにねえ、文句あるんやったら、堂々と自分で言うてこい」光子はプラスチックの甲虫を、コンクリートの道に投げつけた。「わしはね、あんたらの一統にこっからさきも世話になどなってないど。バーで働こと若い男といっしょになろと、あんたらの文句の言えんことや」

男は、コンクリートにころころ転がってひっくりかえった甲虫が、まるで生きてもがいてでもいるというように見つめた。「いきなり、おまえも、なに言うんな……、輝明も泣いとるし、人もきいとるのに……」

「人？　どこに人がいるんなよ、これは、うちの彼氏や」

「世間の人がきき耳たてとるが」男はそう言ってプラスチックの甲虫から眼をはなし、泣きじゃくっている輝明の耳に口をくっつけ、なにごとかささやいた。ぼくはただぼうっと日をうけてつったっていた。男と同じように輝明にむかって、プラ模型を買ってやるとか、光子にないしょでパチンコ屋につれていってやるということはぼくにもできるが、それは輝明の父親の縁つづきだというこの牛のひづめの手をもつ男の感情にくらべものにならないくらい、いいかげんな思いつきだ。ぼくは男を見つづけ、ひょっとすると、この男が輝明の父親なのかもしれない、と思った。「なにしとるか、みんなよう見とるよ」男はうつむいたまま言った。短かく刈った頭の地肌が日に照らされ、一瞬、頭まではげているとぼくは思った。

「なにを言いくさる、ほらくっとけ！」光子は輝明の体を男からひきはがそうとするように腕をひっぱった。「ようこの真昼間から、天道さんの見とるとこで、そんなことを言いくさる、そのうち、その口唇も、ざくろのように裂けるわ」光子はそう言うと、体につまっている興奮に耐えられないというように息をひとつし、「自分のことをなにやと思てるんな、輝明になれなれしいにするな」とどなった。「ああ、世間の人がきき耳たてとるんやったらきいてもらお。あんたらの一統がこの子になにしてくれたというんな、ちくしょう、あんたら何と言うた？　あんたとこのばばあは、このわたしに、このごろの若いのは信用できん、その腹の子も息子のものかどうかどっこにも証拠ない、生むなりおろすなりせえ、生んでみて似とったらのはなしや、と小馬鹿にしたんや。この子はあんたらの一統の血ら、一滴もはいっとらせんど。この子はなにからなにまでわたしのもんや」光子は輝明の頭を抱いたまま、涙をふこうともしなかった。「きいてもらうわ、世間の人にきいてもらうわ。わたしと輝明はだれにも世話になってなどないいんや。だれにも後指さされることとない」

「淫乱《いんらん》やないか」男はぼそぼそとした声で、一撃で光子の最も弱い喉首をかききるように言った。それは、男のまじりっ気なしの悪意そのもののようで、ぼくは反吐が出そうなほど不快な感じだった。ぼくは、男が育てている植物の茎と葉をコンクリートにすりつぶすように、男がそこにいることとそのことを、跡かたなく消し去りたいと思った。

その夜、光子はアナルコへ行かなかった。黙りこんだまま食事の用意をし、テレビの画面を見ながらのろのろと箸《はし》をうごかす輝明を、なんどもなんども叱った。朝、行商から買ったアジの丸干しの肉を、指でむしって輝明の皿にのせてやるのに、輝明が人工着色のでんぶばかり食べるのが気にいらないらしかった。「こんなにぼろぼろこぼして」光子は畳《たたみ》にこぼれた飯粒を指でひろって口にいれた。

光子が黙りこんだまま流しで食事のかたづけをやっていることがきづまりで、ぼくは輝明を相手にしてふざけた。それはわざとらしく思えるほどだった。ぼくが毒蛾《どくが》星人になると、輝明はウルトラマンタロウから仮面ライダーまで自分の見ているテレビの正義の味方をひっぱり出し、足で蹴りかかり、一昔前のプロレスラーが得意技にしていた空手チョップを連発した。「不死身の毒蛾星人ギララ！」ぼくが呪文のように唱えると、輝明は喉に痰《たん》がからまりはじめたらしくぜいぜい音させながら、ぼくに挑みかかった。「そんなキックではわたしにには勝てまい。わたしは地球をわたしの支配下におくため、この日本にやってきた」そのセリフは先ほど毒蛾星人がテレビで言ったものだった。輝明は顔を赭らませ頬《ほお》をふくらませて、くすぐったい感じのする喉を鼻で息をすることによってなだめようと口をとじ、懸命にぼくを蹴りつづけた。輝明は全身これ正義のかたまりだった。光子は流しに立ち、水道の水をとろとろ出しながら食器を洗い、泣いていた。うすぎたないところにはまりこんでしまったものだ。もっと陽気に、ばかばかしくなるほど軽薄にやるべきなのだ。

夜、輝明が寝入ってしまってから光子はサイドボードからウイスキーをとりだし、それを二人でのみ、そしてそのうち酔いが全身にまわったのか、だれかれかまわず肴《さかな》にして毒づきはじめた。光子には男の兄弟が四人いた。光子のすぐ下の弟は、電気コードを首に丁寧にまきつけ、光子の父が住んでいた浜のそばの家の鴨居《かもい》で、滑車《かっしゃ》を応用して実に巧妙《こうみょう》に首つりをやってのけた。光子はそのはなしを楽しくてたまらないというふうにしゃべった。そんな光子の口調から、また嘘をついているのだろうと思った。「ようこんなことするわと思ってあきれかえってものも言えなんだ。そう言うたらあの子、ちっさいときから機械ばっかしいじっとった。ばらしてまた組立ててばらして、日がな一日そんなことばっかしやってたわ。なんで死んだりしたんやろ」一番下の弟は、齢《とし》が十七か十八ほど離れた高校生だと言った。「頭が悪りてね、あれは白《はく》痴《ち》やな、図体ばっかしおっきい。一日中、家の中で寝てごろごろ転ってテレビばっかし見てる」

「まともだよ、あいつ、まとも以上だよ」

「知ってるの？　逢うたことあるの？」

「あんたと二人で喫茶店に行ったらいたじゃないか」光子は覚えていないふりをした。「アナルコからの帰り、寄ったろう。おれにむかえに来るのがこのごろ遅いって怒ったじゃないか。あの時いたんだよ。あんたその時まだ機嫌悪くって、そいつを見つけるなり、いま何時だと思ってるんだとどなったじゃないか。肥《ふと》ってるやつだろ？　へらへら笑って、ええねん、ええねん、楽しいにやらなあかん、そう言ってたよ」

ぼくは酔った光子を見ていた。そうだ、二人は、男の言った言葉を使えば、淫乱の関係だった。ぼくは光子をわからない。光子だってこのぼくをわかっていない。いや、ぼくは自分自身だってわかってなどいない。わからないもの同士の関係は、なんだって淫乱だと言える。じめじめしてみだらで穢《きた》ならしい。一人の女と一人の男がいて、蝸牛《かたつむり》がつながるように性交する。光子とはそれでよい。光子の弟が首つり自殺しようと白痴であろうと、それはこのぼくには関係のないことだった。

光子はぐでんぐでんになってぼくが敷いてやった布団に横になった。雨が降るのかむし暑かった。光子は上半身裸になっているぼくに抱きつき、輝明を寝かしつけるように眠るまで背中をたたいてくれと言った。背中をとん、とんとたたいてやっていると、不意に光子はぼくの胸に顔をつけ、「ああ、ああ」と声を出して泣きはじめた。それは光子の体にたまっていた悲しみが、背中をたたくゆるやかなリズムにひきだされてでたようだった。ぼくの胸に顔をつけ、涙を流して泣くことがたまらなく心地いいように、泣いていた。「ずっと、ずうっと前から、許してもらいたかったん」と泣きじゃくった。「いっつもつらいんや、いっつも、いつも」光子は顔をあげ、「わかる、わかってくれる?」とぼくにきいた。
「わかるよ、わかってるよ」うなずきながらぼくが答えると、光子は突然ぼくの胸を手でつきはなし、「嘘をつけ」とどなり、もみがらのはいった枕でぼくの頭をなぐりつけ、「ようそんなこと言える、なんにもわかりもせんくせに」と、ぼくの髪をつかみにきた。発作的に光子の顔を平手で殴った。「ちくしょう、人をだましくさって。ちくしょう」もう一度、顔をみすえて狙いをさだめて頰を殴ると、光子は布団に顔を伏せ、すすり泣きをしだした。トタンの庇《ひさし》が雨の音をたてはじめた。その音を耳にしていると、自分ではいったいなにをやっているのかほとんどわからないまま、すすり泣いている光子を、もういちど抱いて寝かしつけるやさしさをみせてもよいと思いはじめた。ぼくは光子という女の真中に入りこみたかった。

たしかに光子をだましていたのだった。ぼくは光子に自分がいまにいたった過去のことを話さなかった。話す必要がないと思っていた。話したとしても光子はそれを信用しないだろうし、たとえ信用したところでそれがなんになろう。十五のとき、中学を出てすぐ大阪に行き、一カ月足らずでそこをやめ、それから数えきれないほどの職を転々とし、そのあいだに女を知り、大人になった。いったいなにをやってきたのかと訊かれたって、自分で答をみつけることはできない。光子はぼくがこの市で生れ育ったことすら疑っていた。ぼくはそのたびに両親などとっくに死に、腹のちがうまったくつきあいのない兄が一人、ほそぼそと靴屋をやっていると答えた。光子の思うような荒くれ男にじょじょに自分を変えていく、そのことだけで充分だとぼくは思っていた。しかしそれが光子をだましていることだった。

光子には義足をつけた兄がいた。光子はその兄を業腹の、欲の皮のつっぱった男だとぼくに言った。

「あんたの言うこと、話半分だから」びわの皮をむいている光子の顔を見ながらぼくは言った。頭の部分を裂いて、茶色のつやつやした種をとり、指についた汁をふきんでぬぐって、それを口にいれる。「あんたの話すことは、みんな半分嘘だからな」

「なに言うてるの。あいつが張本人や」光子はびわの肉を口に含んだまま、顔をあげ、ぼくの眼にうつっている自分をさがすのかぼくを見つめ、「もうちょっと口がちいさくて、頬《ほ》っぺたの骨へこんでたら、ええ男に見えるんやろがなあ」とため息をつき、笑った。

「この頬骨のとんがったところがいいって言うんだよ」

「そんなにもてたん？　そんなに悪りことばっかりして、若い娘泣かしたん？　そうやけど、もうおしまいや」

「ああ、そんな感じがするな」しかし、ほんとうにそう思ったのではなかった。いつでも、そうだった。ぼくは、これでおしまい、これから先はどんづまりで行き場がない、そういうところまで行ったためしがなかった。なんとなく袋小路から身をそらし、喫茶店のボーイ、クリーニング屋、足の悪い朝鮮人のおっちゃんと組んでパチンコの景品買いもした。西成《にしなり》の踏切のそばの焼鳥屋で働き、毎晩毎晩、ダルマの絵を描いたうちわでパタパタ炭火をあおり、ちぢみの肌着に腹巻きつけて焼鳥やいてたが、それがどんづまりだとは感じられなかった。どんづまり、そんなもんがあるのかどうか。朝っぱらから二合瓶かかえてなにが悲しいのか泣いたりわめいたり、のんだくれる男や女はいっぱいいたが、彼らは彼らなりに上手にめしの種をさぐりあてていた。「だけどなんとかなるんじゃないかなあ」

「しょうこりもなしに……」光子は言い、丁寧にむいた皮を、パックの中にいれた。

「輝明の分、冷蔵庫に入ってるんよ」

「安《やっ》さんが、くるんだったらいつでもええてよ。安さんって、親戚なんか?」

「パリキの安さんか」光子はびわを口にいれた。「ええわ、むりして働きに行かいでも」

安さんはアナルコの客で、土建請負師だった。ぼくは、以前に二度ほど土方に行き、一週間で尻を割った。怠《なま》けぐせがついていた。つるはしで土を掘りおこしシャベルですくうということが、重っ苦しくてたまらない人生の大問題のように思え、そんなことを思いながら青い息を吐き、緑の汗をまぶたにくっつけている自分自身がいやでしようがなかった。実際、大問題なんてありはしない。一人の男が生きてい、齢をとって衰弱して死ぬか病気で死ぬかどちらかの死にいきあう一生で、生れるということと死ぬということを素直にうけいれてしまえば、大問題なんていうやつは自分のなまけもの根性の弁解だ。

「日当すこしはずんでくれるんやて」

「ええわ、安さんのとこへなど行ったら、恩きせがましに言われる。あんたが働きにいくんやったら、ちゃんと籍いれて世帯をもつ覚悟ができてからや。いまはええねん、あんたは輝明とわたしのおくりむかえというれっきとした仕事あるやないの。へたに働いてもろてすぐ尻割られたら、またわたしが言われる」光子はふきんで指をぬぐった。外からの光が窓硝子《まどガラス》をとおして入りこみ、輝明が車輪のこわれた電車を乱暴に動かしたために切れてささくれた畳を照している。ここは母と子の部屋で、ぼくはなにひとつ痕跡《こんせき》をのこさず、ただふっと影のようにあるだけだ。そうだ、自分のにおい、自分がいまここにいるという証しはなにもない。

「魚売りのおばちゃんがな、輝明に、若いお父ちゃんができてええねえ、と言うたんやと。輝明は、アホか、あれはひろしさんや、商売しに来てるんや」そう言って光子は笑った。「なんの商売やろ」

「まあ、ヒモだな」ぼくは光子の口調がわずらわしくぶっきらぼうに言った。

「ちゃう、ちゃう。あんたは用心棒や。あのなあ、わたしと輝明のガードマンやな。ええ商売やなあ」光子は言い、それからびわの皮と種をいれたパックをもって立ちあがり、それを流しの屑入《くずい》れに捨てた。光子はその時は機嫌がよかった。ぼくは窓の曇硝子が光で白っぽくかがやいているのを見ながら、なにをするにも手後れだと思った。立派なことをするのではない、自分がこのいまをまっとうに生きるということがだ。いや、まっとうでなくったっていい。生きていなくたっていい。しかし手後れだ。手後れという感じはいつもあった。十九歳のときもそうだし、十五のときもそうだった。もっと前、ぼくがうまれる前から手後れだった。そうだ、おれは生きてなどいたくない。どうせろくなことがあるはずがないのだ。

アパートの前にやはり輝明と同じくらいの齢格好の、一見して白痴とわかるぶよぶよした感じを与える顔の女の子がいた。頭の鈍い獣のようで、輝明をつれてとおるたびに、背後からじっと見つめているその眼がぼくにはどうも気持が悪かった。自分が見透かされていると思った。輝明はその子と遊ばず、もうひとり、かさぶたができているために坊主頭にした、額と鼻にじくじくうみを出す出来物のある女の子と遊び、白痴の子を縄《なわ》でしばって、吹き矢の的にした。止めるのがおそかった。輝明の吹き矢が電柱の前に立たされたままの白痴の子の額にあたり、血が流れた。泣き叫びはじめた女の子の声をききつけて出て来た母親はつっ立ったままの子供を見、「えらいことをしてくれた」と、血の流れる額を自分の服でぬぐい、吹き矢のあたったあたりに口をつけた。女の子は立ったまま泣きつづけた。「この子は神さんの子やど。おお、血ィら流して」母親はかすれた声を出した。

「病院へつれて行こうか?」ぼくは訊いたが、母親はまったく無視して、子供を抱きかかえ、額から流れる血を自分の口でぬぐい、「つらいよ、おおつらいよ、傷ができた」と呻《うめ》いていた。うすい緑の模様のはいった服が母親の乳房と脂肪でたるんだ腹の形をくまどり、ぼくは白痴の子と母親を見ながら、この子の額を吹き矢で射ったのが横に立っている輝明でなく、自分自身である気がした。その時、電柱の前に立った白痴の子をぼくはただ見ていたのだった。瞼《まぶた》が重っくるしく垂れさがり、口唇が厚く、顎《あご》に鈍い肉がくっついているその子の顔は、見ているだけでなんとなく不愉快になってくる。その子の眼を吹き矢でうて、ぼくは心の中でそう叫んでいた。そうだ、その時、そう願っていた。鈍感な家畜のような子供が不愉快だった、いや、その子だけでなく、牛のひづめの男も、光子の兄である義足をつけた男も不愉快だった。いや、ちがう、彼らだけではない、光子も輝明も、このぼくも、すべて不愉快だった。虫のように生きているやつら、虫けらのように生きているこの命。

「ばちがあたるど、神さんの子らに、血ィ流さして」母親は女の子を抱いて、額の傷を口でつつみ、爪のひらべったい親指で子供の涙をぬぐった。かさぶただらけの坊主頭の女の子は、どぶをとびこえ、石垣の角にかくれた。輝明はぼくのズボンをにぎり、母と子の、他人には正視できない恥ずかしい秘事をいま眼にしているというように、つっ立っていた。血の流れる傷口を口唇でぬぐう、そのことは一種の儀式だった。他人がはいりこむ余地はなかった。

それと同じようなことを、浜にある光子の伯母の家でおこなわれた法事のときにも感じた。七時になったら急用だと呼びだしてくれ、そうすれば法事から抜け出すことができ、そのままアナルコへ行っても二時間の遅刻ですむと光子は言った。きっかり七時に伯母の家の勝手口に行き、法事の後の酒宴のため、煮物や酢のものをつくっていた二人の女に、「光子に用事があるんやけど」とこもった声で言った。「光ちゃんか?」女はあきらかに迷惑げな顔をした。「まだおっさんの説教も済んでないさかねえ」縁側の戸が全部とりはらわれ、家の中からもれた電球の光で、狭い庭の草花と朽《く》ちかかった物干竿《ものほしざお》が生きて動いているように見える。輝明がぼくの声をききつけたのか、よちよち歩きの下半身を丸裸にした子供の頭をつつきながらいっしょに出て来、

「ひろしさん、お母ちゃんもおいさんも来とるよ」と眼をかがやかして言った。

　輝明につれられて出てきた光子は、「おばさん、足がしびれてしもて」と女に言い、眉間《みけん》になんのまじないか唾《つば》をつけた。二人の女は手を止めないままだった。「なに言うてるの、若い娘みたいなこと言うて」「いややねえ、まだ、おばさん、うち、若いんよ」光子は輝明のズボンをあげてやりながら言った。「こないだ二十五になったばっかしやのに。なあ、輝明、若い彼氏もおるし、お母ちゃんは、まだ若いなあ」所在なくつっ立っているぼくに、光子は法事がまだ終りそうにないから、今日はアナルコへ行くのを止める、いっしょに上って、おっさんのありがたい説教をきこと言った。「ありがたい説教きいたら、ちょっとはええことまわってくるかもわからんやないの」

　説教がひとくぎりつくたびに三十人ばかりの老若男女は身をこごめたり体をゆすったりしながら、なむあみだぶつなむあみだぶつ、と唱える。ぼくはななめ前にすわった老婆が、顔を畳にこすりつけるようにして、皺くちゃの手をこすりあわせ、なんまいだなんまいだ、とつぶやいているのを見ていた。眼をつぶり、老婆は眼尻に涙をためない、おっさんの説教のひと言ひと言がありがたいというようにうんうんとうなずき、おっさんがただ息をつぐため話やんだだけなのに、なんまいだ、なんまいだ、と唱えた。牛のひづめの男は、一番前の、真中に坐っていた。まるでこの法事は、両手をあわせ数珠をもって、くいいるように眼の前のおっさんの顔をみつめている牛のひづめの男のためにひらかれているようだった。おっさんの説教がおわると一斉に、なむあみだぶつ、と唱えた。ぼくは男の声をききたいと思ってさがした。それは不思議な感じだった。親類縁者全部が、その牛のひづめのような奇形の手をもつ男をなんとかして阿弥陀如来の一番そばにおしだし、男の内にこもったおとなしい声を届けさせようとしているふうに見えた。

光があたり、いちめんに白っぽかった。ぼくは浜にむかって歩いた。それは、幼稚園へ輝明をむかえにいく道ではなかった。王子三丁目と電柱にある広告プレートをすぎ、コンクリートでつくられたばかりの橋をわたり、飲食街になっているせまい路地を抜けた。自分が虫のように生きているナマケモノの男にすぎなく、この街になんのつながりも根拠もつくっていないとぼくは思った。魚屋の前で立ちどまり、鱗が青くひかっているアジの腹を包丁でひらいているのを見つめた。白い腹が包丁で裂かれ赫《あか》い血とともに内臓がいきおいよくとびだし、男の左手にかかる。背後から軽自動車がやってきてクラクションを鳴らし、ぼくが体をどけるとわざとらしく二度空ぶかしさせて通りすぎた。

路地を抜けるとすぐ防風林が見え、そのむこうに白い波をあげて砂にうちよせる海があった。漁船が一隻浜にひきずりあげられ、ペンキ塗装がはげおちた木肌が見え、それは年老いた女のように見えた。海はくりかえし浜に身をよせ、ぼくは漁船にむかって歩きながら、ふっと、いまここで海の中に入りこみ身を沈めたとしてもいっこうにかまわないわけだと思った。なにひとつ未練などありはしない。光子も輝明もすぐ忘れてしまう。眩《まぶ》しく海はひかっていた。それは不快だった。このぼくが死ぬというのに、確実に、絶対確実に、海には光があたり、世間の奴らがぼくの入水自殺をうわさしあい、彼らの虫のように生きる命がそこで終わるのではなく、えんえんとつづく。ぼくが死んでも彼らは生きつづける。ぼくは、漁船にたどりつく前に自分がばかばかしく大袈裟《おおげさ》にものを考えていることに気づき、輝明をむかえにいこうと思ってひきかえした。なにもそんなにかたくるしく考えることはない。虫のように生き、虫のように死ぬことでいいではないか。それを認めるのが真人間になる第一歩だ、とぼくは思った。ナマケモノ。ぼくは笑った。エエカッコシイ。寝屋川《ねやがわ》のおっちゃんが言うてたやないか、人生《ちんせい》はひとつしかないさかいな、かんぱって、まじめに商売しいや。寝屋川のおっちゃんとは足の悪い朝鮮人の景品買いで、ぼくはよく彼に味の素の数をちょろまかされた。

風が吹きはじめ、材木を積みあげた広場のほうから泥とも樹木のものともつかないにおいがたちのぼり、ぼくはそれをこの市のもつ体臭のようなものだと思い、鼻で呼吸するのを止め、口をあけた。男が二人、上半身裸になって、黄色のチョークでしるしをつけた材木を一本ずつ肩にかついでトラックに運んでいる。荷台に二人の男が立ってい、のおっと掛け声をかけて運ばれてきた材木の両端をもち、それをトラックの荷台に積みあげる。そうだ、とぼくはその時、思いついた。光子の、欲の皮のつっぱった業腹の兄さんの家へ行って、自分だけ親の財産をひとりじめしないで、光子と輝明にもすこしは分けてやれ、と掛け合ってやろう。光子の話では、兄さんは親の残した家と土地を元手にして、けっこう手広く電気工事の店をやっているらしかった。義足をつけた足で器用に自転車に乗り、三軒ほど支店をまわり、夜は夜で建築業者たちの宴会に顔を出し、アナルコのそばに家を買って女を囲っていた。「酒を一滴ものめんのによう毎日毎日出かけると感心する」光子は言った。「あの男はどんなことをわたしらにしたと思う？　弟《おとつい》の善富が滑車を使こうて電気のコード首にまいて死んだんも、ほんとはあいつが殺したんや。あの男は善富が死ぬような段取りをつくっとったんや。玄関の横に薔薇《ばら》の固いつぼみもった木が植《う》わっとってね、それをあいつは全部切って根をひき抜いてしもた。学校から帰った善富は、わたしの家へ来て、姉やん、殺されてしまうよ、とまっ青になってた。あいつは自分が足が悪りさか、なにしても許されると思ってるんや。十六か十七の神経の細いやさしい子にね、その子の大事にしとったものを次々にこわしたり、ひき抜いたりしたら、おまえのようなものは生きていけん、死ねというようなもんや。善富のうさぎ、善富のカナリヤ、じゅうしまつ、みんな殺された。あの男は、隣りの家の犬に吠えつかれてどうしたと思う？　そら、犬は足の悪り兄さんを見たら吠えるわ。兄さんはね、アンパンに猫いらず入れて犬に食べさせて殺し、隣りの家の軒に八番線の針金でくくりつけ、ぶらさげた」

「悪り男やねえ」ぼくはこの市の方言を使って相槌をうった。「ようそんなことばっかしやって商売やってけるな」

「頭がええんよ、知らん人や商売の人には愛想がええて、これほどの善人が他にあろかという顔をする。足が悪りのも売りもののひとつで、自分が悪りて足切ったんやのに、世の中の人みんなが悪りんやという顔をする」「ほう」とぼくは大袈裟にうなずいた。光子はぼくの態度が気にいらなかったらしく、突然ぼくの手をぴしゃりとうち、「ひとが真底まじめにはなしてるのに」と言い、それから急に黙りこみ、眼に涙をふくれあがらせた。「わたしが、どのくらい、がまんしてるか……、がまんして、がまんして、がまんしてるか……、だれもわかってくれせんわねえ……。わたしが、嘘ついていると言うの？　冗談言っとると思うの？　それがもしほんまに冗談やったらええ、嘘やったらこんなに願ってもないことあらへん。ちがうんよ、みんなほんとなんよ。わたしが輝明つれてどうしようか、どういうふうにして明日からの御飯食べていこうかと思案に困ったとき、輝明の父親信吾が死んだあとや、兄さんはわたしに、おまえらに食わす米も塩もない、そんなものあるんやったら用心のために番犬を三匹でも飼うてそれに食わす、そんなこと言うんや。兄さんの商売ももともとはうちの父さんの残したものやのに」光子はそう言って眼をつぶった。涙の滴《しずく》がつぶれて瞼にくっついた。ぼくは、光子の兄の住む浜の家へむかって歩きながら、光子のその顔を思い出し、それが光子特有の被害妄想の嘘であってもほんとうのことでもかまわない、光子と輝明に、もうすこし暖くしてやれ、女を囲う金の半分でも光子にやれ、と掛けあってやる、と思った。それを脅迫ではなく、あくまでも冷静にやる。ぼくは包丁を買った。しかし、それで光子の兄をどうこうしようと思ったのではない。光が強かった。魚売りが、塩っぱい声で、「さかなあ、いらんかのうし」と声をかけてリヤカーを押していた。それは不思議な光景でもなんでもないのに、浜の家へつづく道を歩きながら、ぼくははじめて自分がこの市に戻ってきたのだと思い知らされる気がした。十五の歳から二十六のこの歳までぼくはここにいなかった。東京でスナックのボーイをやっていたこともあったし、餌《えさ》を与えないで発育不良にしたうさぎをニュージーランド原産のテーブルうさぎだと言って売っていたこともあった。「はあ、らっしゃい、かわいいよっ、テーブルうさぎ、手のりうさぎだよっ」そう言って、大道で栄養失調で足腰ふらつくやつを、勤め帰りのサラリーマンや何不自由なしに東京で暮らしている女子学生に売りつけるのは快感だった。ぼくは包丁を上着の内ポケットにつっこんでいた。包丁といっても、ステンレス製プラスチック柄の家庭でつくる料理に万能のやつで、出刃包丁ではなかった。刃物は魔物、たしかにそうだ。そのとき刃物をぼくが買わなかったとしたら、光子の親兄弟のやっかいな関係に足をつっこむということなどおこりえなかったはずだ。反対に光子の兄に、「なに言うとるんな、光子に食わしてもろうて。おまえこそ、光子をバーなどで働かさんとまじめに働いて食わせ。骨までしゃぶっとるくせに」と言われ、すごすごと尻尾をまき、弱よわしく笑いながら帰るはめになったはずだった。おっちゃん、人生《ちんせい》はいっぺんしかないのんか？　道まちごたら、とりかえしつかへんのか？　寝屋川のおっちゃんは、このいまのぼくを見てなんと言うだろうか。

光子のことをぼくはわからなかった。いや、わからなかったと言うのではなく、光子をぼくはわかろうとしないで、ヒモとその女、女とその情夫という世の中にありきたりのつながりとたかをくくっていた。光子のためになにごとかをやるということは、すなわちこのぼくのためだということを知っていたのかもしれない。光子のことなどどうでもいいのだった。どうせ虫のように生きて死ぬのなら、七面倒くさいことなどに顔をつっこまず、楽しく、できるなら毎日毎日どんちゃん騒ぎをしてぼくは暮らしたかったのだ。これでけっこう楽しくやってきた。スナックのボーイをやってたときも、西成で焼鳥屋にいたときも、それ相応に楽しかった。いやなことや苦しいことなどなかったと言えば嘘になるが、そんなことはとりたてて青筋つくって言うほどのことではない。

輝明をアパートの部屋に寝かせたまま二人で国道沿いの深夜スナックに行き、朝の三時までへべれけになるほど酒をのみ、十九と十八の恋人同士のように騒ぎまわり、店のバーテンから追いだされた。「ひろしさんも光ちゃんもええかげんにしてくれよ」バーテンは言った。光子は正体不明になったままぼくの首に両手をかけて体をもたせかけ、部屋まで「哀しみのソレンツオ」の映画のように抱いてつれていけと言いはり、バーテンがそれをみかねて、「もう締めるから」と言うと、いきなりけたけたと笑った。二人で抱きあうように国道から浜にむかってのびる田圃の中の道を歩いていると、光子は不意に立ちどまり、顔を両手にあて、泣きはじめたのだった。ああ、ああ、と声が顔をおおった指の間からもれた。ぼくは光子の肩に手をまわし、泣き声をたてるたびにふるえる光子の体を感じながら、なぐさめの言葉もかけずに立っていた。地虫の声がきこえた。頂上にテレビの共同受信所のある小山が空と陸を別ける衝立《ついたて》のように黒く浮きあがり、昼間は光に呆けてただ欠伸《あくび》をくりかえしているのに、今、小山はやっと目覚め静かにゆっくりと動いていると感じられた。光子は、ただ、ああああと声をあげて泣いた。それがやりきれなく、子供もいる三十女がいつまで甘えて泣くんだと言い、顔をひとつふたつはりとばしてやろうかと思ったが、面倒くさくなってやめた。実際そんなことをやれる身分ではない。ぼくは、泣くということに熱中し陶然としている女に飯を食わせ養ってもらっているのだった。

「どしたんや、どしたんや、ああ、泣いたりしたらあかん」ぼくは大人ぶった口調で言い、光子の背中をさすった。

「つらいんよ、わたしは、つらいんよ」光子はそう言い、前のめりに倒れるようにしゃがみこんだ。「もう、どうしてええか……」

「なにがつらいんや？　ああ、おれに言うてみ、兄ちゃんがな、なんとかしたる、だれが悪いんや？　あの手のおかしな男か？　それともアナルコのママさんか？　あんなものはほっといたらええ」

「ちがうんよ、みんなちがうんよ、みんなええ人や、悪りのはこのわたしや、このわたしだけが悪りんやよ……、いっつも、いっつもわたしが悪りんや、わたしが罪つくりなんや。みんなそうやわ、善富が首つったんも、信吾が病気になったんも、父さんが苦しんだんも」光子はしゃがみこみ、顔に手をあて、くっくっと笑うような声を出して泣き、ぼくは光子の背中を機械的になぜおろしながら、「そうかそうか、みんなおまえが悪りんか」と相槌をうった。急激に温度が下がって肌寒く、酔いがぼくの体から失せはじめているのに気づいた。「ジージー虫が鳴きよるのも、夜のまっ暗闇でなんにも見えんのも、みんなおまえが悪りんやな、たいしたもんやないか」

「わたしが悪りんやよお」と光子は叫ぶように言い、ふらふらと立ちあがり、あやうく田圃の中に右肩からつっこんでしまいそうになってあわててぼくにしがみついた。

「あんまり泣いとったさか、頭ががんがんしてる」

「そらそうやな、泣くことはないな。どうせ虫みたいに生きていく一回しかない人生だったら、楽しくやんなくちゃ損だな」

「楽しいことあらせん、毎日毎日つらいことばっかしや」

「そうか、つらいことばかりか、おれと毎日毎日昼間も夜もやるあれはつらいことか」ぼくが笑いながら言うと、光子はほんとうにそのことが難行苦行であるように怒った声で「スケベ男」と言った。ぼくと光子は毎日毎日、昼であれ夜であれ、のべつまくなしに蝸牛がつがるようにつがっていた。それがぼくと光子の関係のはじまりであり、すべてだった。そのこと以外ぼくと光子のつながりはなにもない。ぼくはそう思い、光子のためになにひとつしてやろうと思っていないのに、しゃあしゃあと、なんとかしたると口に出す自分のでたらめさがおかしかった。そしてぼくは自分が実にいい場所を手にいれていると思い、ほくそえんだのだった。それはぼくが世の中を渡り歩いてきて手に入れた才覚のたまものだった。いつでもいやになればこの女から逃げだすこともできるし、心変りがして、光子に自分の子供を生ませてちゃんと世帯をもち、この市の人間になることもできる。

輝明をつれてぼくは裏の小山に登った。夕方までの時間つぶしだった。輝明は仔犬のようだった。丈高く繁った雑草の中を走りまわった。光子はアナルコのはじまる時までひとねいりすると言って、ぼくたちを追いだしたのだった。「暮れかかってきたらちょうどええ時間やさか起こしてよ。化粧して、赤いもん着て、それから、うちなあ、まだひとりやねん、ややこなど、どんなにして生むんかもわからん、毎晩毎晩さみしいて。鼻の下ながあした土建屋のおっさんが、でれえとして、お金使てくれよる」

「パリキの安さんか」

「このあほんだら、とわたしが思とるのも知らんと。お寺さんのはなしありがとうなってきたこの齢して、子供もおらんことあるかいな」

「その手におれものったんだな」

光子は笑いながら輝明の描いた絵を貼った襖をあけ、押入れの中から布団を出したのだった。輝明はそれまで光子になんだかんだと用を言いつけてまといついていたのに、よく訓練された犬のように、急に素直に靴をはき、アパートの前の手摺《てすり》に立ってぼくを待った。

「ひろしさあん」と輝明はぼくを呼んだ。ぼくは返事をせず、輝明が笹の繁みの中から蝸牛を探しだしたらしく、左手にのせてさしあげるのを見つめた。輝明は自分の手にもっているものの正体がぼくにわからないと思ったのか、いそがしく笹の重くたれた葉をふりはらいざわざわと音させながら走って来、「でんでんむしや」と息を切らせた。それは蝸牛ではなく、蝸牛の殼《から》だった。「こんなん、あそこにどっさりあった。ひろしさん、アンドメイロ言うの、知ったある？　ギララやトリプロ星人よりもっと手ごわい。毒のヌルヌル吐くんや。それを顔にかけられたら、ぎゃあっと言うてみんな倒れる」輝明はいそがしく言い、もういちど、アンドメイロの吐き出すヌルヌルをかけられた真似をしてぎゃあと声を出し顔を手でおおい、アンドメイロ、アンドメイロと言いながら拍子をとって笹の繁みの中に走っていった。輝明の姿を見ながら、ぼくは、自分の硬直していたなにものかがひとつひとつときほぐされていくのに気づいた。きめの細かい光がここにある。風が吹き、山の草という草、樹木という樹木の一枚一枚の葉を、丁寧に静かにゆすり、音をたてさせる。ことごとくが完全に調和している。それはまったくあたりまえで自然なことだ。そのあたりまえがこころよい。ぼくは、輝明が蝸牛の殼をさがしている笹の繁みを見ながら、胸ポケットから煙草をとりだして火をつけた。山の下から、材木を断ち切るチェンソーの音がきこえてきた。頂上ちかくの、ひときわ高く繁った椎《しい》の梢《こずえ》が、白い葉裏をみせながらゆっくりうごいている。なにもかもうまくいっている。もし必要なら輝明に、ひろしさんではなく、お父ちゃん、と呼ばせてもよい。ぼくは光子に関係をつけた。それはぼくのたくらんでいたような具合になった。

不意に輝明の、喉の奥で圧《お》しつぶしたかん高い叫びが笹の繁みの中からきこえてきた。ぼくはおどろき、しかし体いっぱいひろがっている心地よい眠気のようなものをすてきれず、けだるいまま、のろのろ歩いた。笹の繁みに顔をうつぶせにして輝明は、いたいよ、いたいよ、と呻いている。赫い血が顔をおさえた手からもれ、腕とそのすぐ下の笹の葉にぽたぽたと落ちる。ぼくは、あわてて輝明の腰を抱き、体をもちあげた。おどろくほど輝明は軽かった。「どした、輝明、どした?」ぼくは輝明を膝に抱きあげ、いたいよ、いたいよ、と声をあげている輝明の顔をおおった手をとりのぞいた。「ああ痛いよ、血ィ出てきた」輝明ははじめて血が流れているのに気づいたように言った。左眼が血でうずまり、頰と鼻のあたりが手でぬぐったらしく泥のようなものとまだらになっていた。「手でおさえとけよ」ぼくは言い、機械じかけの人形のようにあわてて左手で眼をおさえる輝明を抱きあげて、笹の繁みを音させて下へ降りる道をいそいだ。吸いかけの煙草の火を消しただろうかとぼくは思い、そして一瞬、夜空に炎を吹きあげて燃える山を想像し、山火事になったってどうってことない、と思った。輝明は、とうの立った笹の固いしんで左眼を突いたのだった。「がまんせえよ」ぼくはいった。ぼくは切通しに降り、そのまま病院へつれて行こうと思い、左の、堤につづく道をえらんだ。輝明はぼくが歩をすすめるたびに、うっうっと濃い息の音をたてたが、呻きも泣きもせず、流れつづける血をなんとかとめようとするのか眼に手を強くおしつけたままだった。夕暮がはじまるのか、黄色く変色した光が粘ねばと家や樹々にあたっていた。輝明を抱いたまま早足で歩きながら、この輝明が、ぼくが光子に生ませた子供であってもよいわけだと再び思った。いや、輝明はぼくのほんとうの子供だった。その輝明がほとんど重さを感じさせないほど軽く、首が鳩《はと》のように柔らかくほっそりとしていることが、妙に哀しかった。「しっかりせなんだらあかんど」ぼくは輝明の耳に口をつけて言った。輝明は右手でぼくのシャツの腕の部分をつかみ、怪我をしなかった右眼もとじ、黙ったままだった。

市民病院にはいり、医者がベッドの上におとなしく横たわった輝明を診ているわずかな時間を利用して、ぼくは電話帳でアパートの前の榎本八百屋をさがしだして電話をかけ、光子を呼びだしてもらった。「ひろしからだと言って下さい」ぼくが言うと、八百屋の内儀さんは、なにもかもさとっている、けっこうこれで若いもんの気持はわかるんだというふうに、「はい、はい」と言い、「光ちゃんやね」とくりかえし、わざときこえるふうに、「光ちゃんに彼氏から電話かかってる。待たしたら罪や、はよおいでと言うてきて」という声がきこえた。電話の横のベンチに、風呂敷包を膝においで坐っている坊主頭の爺さんが、東京言葉ではなしたのが変に思えたのか、じっとまばたきもせずぼくを見つめ、ぼくが見つめかえすと、おまえなどに興味のひとかけらもほんとうはもちあわせていないというように首をまわして、外来受付と硝子に書いた窓を見た。廊下はうすぐらかった。ベンチの奥のほうに坐った老婆と中年の女が、S市の山奥のなまりむきだしで、話をしていた。「もしもし、ひろしさん？」光子はそう言った。「なに？　ちょうどええ気持でとろとろしてたんやのに」「いま市民病院にいるんだ、輝明がえらい怪我したんだよ。すぐ、大至急来てくれ」ぼくが言うと、光子は、わけがわからなかったらしく、「どしたん」と訊いた。「輝明、なにしたん？」光子は急に不安になったようだった。ぼくは光子にそれ以上不安を与えるのをおそれ、「たぶん大丈夫だと思うんだけど、いま先生が診てくれているから、すぐ来てくれよ、市民病院だからね」と電話を切った。ぼくは診察室に戻り、医者から、瞼と眉毛のあたりをちょうど突きさしているが眼球にはまったく異状はない、一週間もすればなおる、という説明をうけた。眼を突いた瞬間、顔をひいたのが幸いしたのだろうと医者は言った。輝明は看護婦に包帯をまいてもらっていた。

光子は二十分ほど経って、髪にクリップをくっつけたままやって来て、診察室のベッドで看護婦にあやされている輝明を見つけ、頭と顔の左半分を包帯でつつんだその姿にびっくりしたのか、「どしたん？」と誰にむかってというでもなしに訊いた。「輝明、どしたん？」光子の顔は化粧していないせいもあったが土気色だった。

「笹の茎で眼突いたんだよ」ぼくが言った。看護婦は「もうそんなところへ遊びに行たらあきませんよ、危ないからねえ」と言い、立ちあがると、カーテンを引いたむこう側にはいっていった。光子は輝明の横に坐った。「眼は見えるようになるの？　輝明の左眼つぶれてしまうの？」

「瞼切っただけで、眼球は大丈夫だったって」

「ほんまに……」と光子は言い、おとなしくベッドに脚を投げだして坐っている輝明の包帯でつつんだ頭をなぜた。それから手をはなし、ひとつ深く息を吐いてベッドから身をおこし前にかがんだ。光子の両眼から涙がふくれあがりこぼれおちた。「お母ちゃん、坊が……死んでしまうんやと思って……、坊がなんどかなったら、お母ちゃん、生きておれん」光子はそう言って顔を手でおおった。「お母ちゃん、坊のために、生きたあるんやのに……」光子はこらえかねるように声をあげ体をふるわせて泣いた。「なんにもいらんのや、わたしはこの子の他に、なんにもいらんのや。わたしに輝明の他なにがあると思う？　この子が五体満足に一人前になってくれる他になにがあると言うの」

泣き声がたまらず、ぼくは光子を促《うなが》して帰ろうと思い、「もういいよ、おれが悪かった」と言った。光子はぼくの言葉をきいて涙だらけの顔をあげ、「なにがええと言うの」とつぶやいた。光子はひろしさんはそんなこと言うの。ああ、そうや、この子はひろしさんの子とちがう。この子が眼つぶれてとりかえしがつかん片端《かたわ》になっても……」

「ちがう、ちがう、おれはそんなこと言ってない」

「なにがええのよ、それでええことらあらせん、輝明が血流しても眼つぶしても、あんたはなにはなにひとつ痛いこともつらいこともあらへんわね。わたしがここまで、どんな気持で走ってきたか、あんたわからんやろ？」光子は涙をふきこぼれさせた。ぼくは診察室の蛍光灯《けいこうとう》がじょじょに明るさを増してゆき、病院の外を六月の夕闇がまだらに塗っていくのを感じとめた。カーテンのむこう側に看護婦と医者が声をたてず、ぼくと光子のなりゆきをみまもっているのを知っていた。

「わたしはね、この子が痛いというのがわかる。どしたんやろ、輝明が死ぬようなことがあったら、生きとる意味らあらせん。……なんにもわたしはいらん。……輝明が死ぬんやったら、このわたしの命やる。この命、やるわあ」光子は口をあげて叫び、それから身をよじり、顔に手をあて、声をあげて泣いた。自分の言葉に自分で感情をたかぶらせ、それを一気にぶちまけているのだった。診察室の中にこもっている薬品のにおい、それだけがぼくの頼みの綱のように思え、ぼくはつっ立ったまま、ただ見ていた。そうだ、ぼくはただ見つめているだけで、いまどんな弁解の言葉も詫びる言葉も嘘なのだった。「あんたは輝明を笹や竹の繁った山へつれていって、危ないとこへわざとほったらかしといたんやろ？　ろくでなし、甲斐性《かいしょう》なし、子供が危ないことせんかどうかみまもってやることもあんたはできへんのか。ちくしょう、人をなめくさって。女親一人やさか輝明がどうなってもかまわんと思っとるのか」光子はほとんど半狂乱だった。「あんたのような甲斐性なしのぐうたら男など、今日かぎり追い出したる。ひとつも真心みせん。土方に働きに行って一週間で尻割っても、馴れん仕事やさかと思て、輝明の守《も》りとわたしの夜のむかえだけしてくれたらええと思ってたのに、なかなか時間になってもむかえに来へんし、輝明には大怪我させる。いらんいらん、もう、今日かぎり、あんたはいらん」光子は、きょとんとした顔をしてベッドに坐っている輝明を不意に抱きあげておろし、「お母ちゃんと坊二人だけで、また生きていこな」と鼻水をすすりあげた。「立ったら、いたいよ」と輝明は言い、眼の周囲の包帯を手でおさえた。「お母ちゃんが抱いて家《うち》まで連れたるさか、がまんせなあかん。真心みせん男はもう追い出したろ。お母ちゃんは、こんなんでなしに、もっと真心のある甲斐性のあるほんまのお父ちゃんにできるような人、またさがしてくるさか」

　その家の前の道はぬかるみ、にごった水が窪《くぼ》みにたまっていた。それが二日ほど前までじくじくふりつづけた雨のせいか、それとも道の下に埋められた水道管でも破裂したせいなのかわからなかった。泥のにおいをかいだ。自分が他の土地ではなく、このS市にいまいることが不思議だった。二十六まで夢のように過ごしてしまった。電柱に軽トラックが身を寄せてとまってい、その前のゴミ箱を犬があさっていた。ぼくは立ちどまり、尻尾を股の間にはさんでゴミ箱に前脚をかけてきょろきょろあたりを見まわし、また顔をつっこみ青いビニール袋にはいった残飯をとろうと努力している犬を見た。豚のなき声がきこえてきた。それは身も世もあらぬほど葬式で泣きくずれるという泣き女を想像させた。豚がいるのに、なぜ残飯入れが置かれてないのだろうか？　溝をまたぎ、咲きくずれて色の変った花をつけた薔薇の横の、玄関の戸をあけようとしたが、建てつけが悪いために、上のほうがななめにかしぐだけで戸はあかなかった。忌《いま》いましかった。力まかせに戸をあけようとしたが、桟《さん》がふくらみ、硝子が割れそうになった。玄関の戸をあけるのをあきらめた。夏みかんの木の植わっている脇を通り、裏へまわろうとした。隣りの家が夏みかんの木とぴったりくっついて建っているし、足もとの土がぼこぼこ下にくぼみ、もしかするとこの夏みかんの木が三本並べて植わっているあたりは、肥料だめがあったのではないかと思い、そこから裏へまわるのもあきらめた。肥料だめに足からのめりこみ、それで、光子と輝明のためにすこしは強いこと言ってかけあおうとする姿は、さまにならない。夏みかんの枝にかかっていた蜘蛛《くも》の巣が頭にひっかかり、腹立たしくなりながら、それをひとつひとつ丁寧にとりのぞいた。

自転車が家の壁にもたせかけてある反対側にまわり、ぼくは自分の姿格好がどうみたって、駅前にたむろしているチンピラと変らないのに気づいた。裾幅の広い腰の周囲だけがぴったりしたズボン、わに革を模したバンド、それに短かく刈った髪、それは光子の好みだった。ぼくをヤクザともチンピラとも見るかもしれない。そう見られたらそれでよい。もしなにかがきっかけになって、欲の深い光子の兄が、人の気持をまったく無視する凶暴な性格をむきだしにしたら、この格好はおあつらえむきだ。しかし、東京言葉をつかって、タンカを切るヤクザやチンピラは、ここでは漫画にもならない。「冗談じゃねえや、すこしは自分の妹やその子の面倒みてやるのはあたりまえじゃないか」そうぼくが言うと、光子の兄は「なに言いやるんなよ、この男」ととまどった声を出すだろう。東京言葉はカッコよすぎて、こみいった話にはむかない。ぼくは光子の兄との諍《いさか》いを眼に浮かべながら、左隣りの家の塀に塗った茶色の防腐剤を服にくっつけないように気をつけ、裏の鶏小屋に出た。木のふたがひからびて崩れかかった古ぼけた井戸があった。赭茶色にさびついたくみ出し口につけた布袋に緑色の藻がくっついている。脇に、新型の電気冷蔵庫のものと思われる木の枠が置かれてあった。「ごめんください」ぼくはそう言って戸をあけた。一瞬、ぼくは自分のマヌケぶりにあきれ、包丁まで買ってポケットにいれてあるのに、いや、ポケットではなく、紙のケースに入っていたのを取り出して金物店の包装紙だけでくるみ、いつでも取り出せるように手にもっていたのに、ごめんください、と化粧品のセールスマンみたいな声を出してしまったと思い、皮膚が焼けこげるように後悔した。

「なんや……」光子の兄は言った。ぼくはその時、光子の兄とその妻と、輝明と同じ齢格好の女の子を、はじめて眼にしたのだが、その言葉をきいて、まちがった、とりかえしがつかない、と思った。三人はすこし遅い昼飯を食べていた。光子の兄は、ぼくが光子からきかされ自分一人で想像していたのとは、まるっきりちがっていた。なによりも弱よわしい。この世の隅のほうで、ひっそりとつつましく生きている、そんな感じがした。濃いが柔らかい感じを与える眉、ひろいすべすべした額、けっして業腹の男の顔ではなかった。彼はびっくりするほど輝明に似ていた。おりたたみ式の座卓の下に投げだされた義足の左脚。その時、彼が輝明のほんとうの父親かも知れない、と思った、いや、そうでなく、彼があまりに輝明に似ているのが不愉快だった、いやちがう、ぼくはその時、ああ、これが血というものだな、輝明と光子の兄さんはそっくりだな、と思ったのだ。光子にあざむかれ、光子のたくらんだ罠にかかった、とは思いたくなかった。光子が自分の兄と関係をつくり、輝明を生み、その証拠を消すために、刺客としてぼくをつかまえ、凶暴な男に仕立てあげ、一方的に自分の兄の悪口を言い、兄をこの世から抹殺するようにもっていく、もしそうなら自分ほどの善人はこの世の中にいないということになる。ぼくは彼らの血のつながりがうらやましかった。それをなんとかしようと思った。「あんたら、ちょっとは自分の妹や輝明のことを考えたれよ」ぼくはどなりちらすように最初から大声を出して言いはじめ、自分でああも言ってやろう、こうも言ってやろうと考えていた言葉を塞いでしまった。誤算の上に誤算を重ねた。女の子はおびえて母親の体にしがみつき、その拍子に座卓の上に置いてあった瀬戸物がなにかにぶつかり、割れる音がした。ぼくがもしやってこなかったら、がらんとした台所と襖でしきった八畳ほどある部屋で、夫婦二人で子供の話をきき、笑って、つつましやかに、毎回毎回くりかえされる一家三人の食事のうちの一回として記憶されることもない光景だったはずだ。むこうの部屋としきった八畳の襖の、たぶん光子たちの父親が好んだ絵柄なのだろう花札のあやめのヤクザな紫色の花弁が妙に気にさわった。彼らは虫のように、幸せに、生きていた。それが腹立たしかった。光子の兄は立ちあがろうとしてよろめき、焦茶色の板戸に背中をぶっつけてどうにか体の平衡を保ち、「いきなり、なに、言うて来るんなよ……」と声を出した。「おまえなあ」ぼくはそう言いかけ、自分の吐き出した言葉が自分の計算からまったくはずれた熱くがらがら荒んだものであることを知り、自分がわけのわからない状態におちいりはじめたのを感じた。いや、やってやれと思っていた。虫のように生きているやつなど、虫のようにすりつぶしてやれ。そう思ったのは、つまり、自分が健康で、光子の兄が不具だったからだ。ちがう、ちがう、なにもかもちがう、わけがわからなかったのだ。ただ、ぼくはわけがわからなくなっているこの自分と光子の兄の一家、それに家そのものにこもっている重くるしい感じ、そこで誰かが死に、誰かが生れ、誰かが苦しんだという気配がありありとみえるような感じが耐えがたかった。幸せに一家三人で遅い昼を食べているのが気にくわなかった。それは自分に経験がないからだった。自分には人の幸せをねたむ性質があった。それもちがう。幸せに暮らしている子供をみて、うらやましいと思ったことはあるが、けっしてその幸せを壊してやろう、ぶっつぶしてやろうと思ったことなど、ただの一度もない。ぼくはただやるせなかった、どうしようもなくせつなかった。光子の兄は、ぼくの左手の、いつのまにか金物店の包装紙のとれている包丁を見て、自分がここで弱気をみせるとぼくが犬のようにとびかかってくると思ったのか、「なんな、なんな、そんなものもって」とおちついた声を出した。「おまえなあ……」ぼくはそうどなり、土足のままあがりこみ、一気に駆け寄り、光子の兄の、よいほうの足を包丁でつき刺した。血が流れた。ちょうど緑の光をまきちらす草の繁みから、草と同じ色の透きとおったバッタをつかみあげ、なんかのはずみに指でつぶしてしまい、茶色の体液と緑色の汁がにじみでてくるように。女は子供の頭を自分のスカートにおしつけたまま、ああ、ああ、と声を出していた。「なんとかしたれよ、なんとか……」ぼくはあえぎながら、声にならない声でそう言っていた。

補《ほ》陀《だ》落《ら》

あんなにはやく若死にしなくっても、と何遍《なんべん》も何遍も思う、と姉は言った。夜半、二人の子供らの布団かけなおして、それっきり眼がさめて、あの人は仕事に出かけてるし、明け方にならんと帰ってきえへんから、ああもしてたな、こうもしてたな、生きてたら、もうええおっちゃんやな、と思う。「ふみこお、悪りけど金貸してくれへんかあ？　ようもの喰《くら》うガキゃ泣くし、カカア金ない、金ないと日がな一日騒ぎくさる」生きてたら、そんなこと言うて金を無心にくるかもしれへんし、嫁が、栄養失調でかさぶたのできた子供ネンネコにおぶって、「すみませんなあ」といかにも悪いというふうにあやまって、そのくせ本心ではあんたの実の兄がかいしょうなしなんや、あたりまえやと、金をもっていくかもしれん。かまん、かまん、それでもええ、世の中にはそんなこと、しょっちゅうある。わたしらが、自分の母親にそんなふうにして育ててもろてきたし、わたしらの母さんも、古座《こざ》の婆にそんなにして育ててもろてきた。ちがうのは、古座の婆も母さんも、無心にいてつっけんどんにことわられいけずされ、ああきょうだいはたよりにならん、盗人してもなにしても人にはたよらんと心にきめて子供を育ててきたことや。生きてたら、競輪競馬に狂て、青息吐息で暮らしてると思う。酒のんで、のんだくれて……。

満二十四で死んだ。わたしはその兄《にい》やんの歳を六つもよけい生きてしもた。そのことに気づくたんびに、ああ、なんで、そんなにはよ死ななんだらあかんかったんやろと思う。もちろん、誰にでも死んでしまいたい、死んだらどんなに楽やろかという気持もつ時はある。そういう時、わたしは御本尊さん拝む。あの御本尊さんは賭博《とばく》の御本尊さんやけど、そんな時は浮気の虫封じの御本尊さんやし、病気なおしの御本尊さんやね。そうすると、だんだん、そんなつらいこときえてくるようになる。もちろん、そんなことは気持の問題やというのは、わかりすぎるほどわかってる。死にたいぐらいつらいというのも気持やったら、つらいことがだんだんきえてくるというのも気持の問題や。夜半、眼さえて眠れんとき、いつも、いっつも兄やんのこと考える。兄やん、いまどこにおるん？　そうわたしは兄やんが、そこにおるというように声を出してみる。二十四らで、若死にして。そんなにつらかったんか？　もう一日も生きておれんと思ったんかあ……？　兄やんはなんにも答えてくれへん。体の力ぬいて、手足をだらんと布団の中でさせて、眠ってしまうんやったらそれはそれで良えし、眠れんかってもそれはそれで良えと、眼つぶるかつぶらんくらいにして、声にならんような声をつぶやいてみる。兄やん、兄やん……。まるで、熊野の海のみえる小高い山の、うちの墓地におる兄やんを、おおさかのこの針中野《はりなかの》まで呼ぶみたいにわたしは言う。兄やん、兄やん、ふみこはここにおるでえ。ふみこがここにおるでえ。兄やんとよう熊野の川で泳いだねえ。母さんの子供みんなで、春に、三輪崎《みわさき》の海岸へ、弁当たべにいったねえ。あの時はみんな小さくて。なんにもどういうことが自分の上におこるんか知らなんだ。海はきれいかった。いま、極楽におるんか、それとも地獄か、いやいや、地獄とはちがう、地獄におちるのはわたしらや。兄やん、兄やん。わたしは兄やんの魂に呼びかける。悲しいというより兄やんにそうやってたら会えるかもしれんというわたしの楽しみみたいなものや。兄やんの妹《いもと》がここでいま呼んでるでえ、熊野からここは遠いなあ、山をいくつもこえんならん、トンネルも鉄橋もいくつもわたらんならん。わたしはこのおおさかの針中野の家で、布団に入って体をのばしたまま、自分の年齢が一つひとつ若がえっていくような気がする。その襖《ふすま》のむこうに、二人の子供がねてるというのに、いまごろ兵庫でひらいた寺《テラ》であの人は若衆にみまもられ念入りに仕掛をした札で賭博の仕事をしてる、そんなことわかりきっているのに、自分がどんどん幼くなっていくのを感じる。貧乏で、いまから考えたら嘘みたいにみえるけど、学校へ行くのに運動靴もなかった。それで母さんが藁草履《わらぞうり》あんでくれて、鼻緒のところに赤い布《きれ》まいて、それでも恥ずかしいとは思わなんだ。貧乏だから運動靴買えんというのはあたりまえのこと。もちろん運動靴は欲しい。でもそんなこと母さんに言っても無理なはなしや。ちょうど、おまえが三つぐらいのとき。貧乏のどん底。母さんは、合計五人の子供をかかえてた。それもいまから思ったら嘘みたいなはなしや。五人のうちで、おまえだけ父親がちがうというのも信じられんことにおもうけど、それはほんとうのことや。留造さんのこと、いっときわたしらはお父ちゃんと呼んだこともあった。そうやけど母さんは留造さんと別れた。バクチが好きで、女ぐせが悪て、若かったということもあるけど、素人一人と玄人一人、それにうちの母さんと合計三人はらませて、バクチであげられて自分はさっさと監獄に入った。あれは種馬やと母さんは言ってた。そうやけど、これだけはわたしはおまえに言っておかなくてはいかんことやけど、留造さんは、おまえを自分からすてたんではない、おまえやおまえの母さんにすてられた。おまえはおぼえてないやろが、留造さんは、監獄を出るとまっすぐうちの家へ来た。あのとおり気ぐらいの高い気性の激しい女や、子供心にその母さんの声や態度が、おそろしかった。どこの家よりもびんぼうで、食うや食わずにおるのに、その時、男手ひとつあったら、あんな貧乏せなんでもよかったのに、母さんは、最後にはまきをもって留造さんに殴りかかっていった。それで父親のちがうおまえいれて、五人のきょうだいやな。ほんまに、食うや食わずで……。一番上の姉やんは旦那衆の家へ子守りにいった。わたしは学校へ行くというのになんにもなかった。

百姓の家へ行き、野菜や芋《いも》をわけてもらい、それを行商して子供らのくいぶちをかせぐ母さんに、運動靴買うてお裁縫箱買うて、などといえなんだ。運動靴ひとつ買うたことによって、弟のおまえがそれしか食べないうどんを買う金がなくなってしまうかもしれん。母さんはいつも言うてた、「この子は男の子やさかな、よその家へ行ってはずかしいことするようには育てられん、芋が三つあったら、ひとつはまずおまえのもの、あとの二つを四人で半分ずつ食べなあかん」。おまえのもってこねくりまわしている芋のシッポでも食べたい、わたしはそう思った。おまえは幸せや。同じ男の育ちざかりの兄やんは半分や。それでも兄やんはがまんした。おまえがかわいかった。母さんがまだ腹の大きいとき、兄やんは母さんに、「女はいらん、女はつかんで川に流したる、男をうめ、男をうめ」とせっついた。兄やんは、女など糞みたいなものやといいながら、わたしが明日お裁縫の時間がある、お裁縫箱ももたんと学校へ行って、わざとらしく「あっ忘れてしもたあ」と芝居するのかと思ってつらくて思案していると、よしと言ってつくってくれた。器用に板を切って箱をつくってそれに千代紙貼って。その兄やんがいま、ここにあらわれる。わたしは、夜の冷たい暗がりによこたわってわたしの呼《おら》ぶ声を耳にして眼をあけおきあがろうとする兄やんの気配を感じとめている。ぴしぴしと草の折れる音がし、兄やんの鼻からもれる息のぬくもりがわかる。鳥がさっきまで鳴いていたのに、急に夜の暗闇に石が投げつけられるように声が吸いこまれてきこえなくなってしまい、ただ兄やんの息の音だけがはっきりきこえる。「兄やん、兄やん」わたしは呼ぶ。だけど、わたしの声は、とどかへん。すぐそばに兄やんの息の音、心臓の音をきいているのに、わたしは、兄やんの姿をみることができん。まぶたの裏側に紫色の煙草のけむりのような人の形をつくったものがみえるのに、はっきりと輪郭《りんかく》が定まらん。わたしは、もういっぺんはじめからやりなおしてみようと思う。いままで何遍も何遍も、夜眠れん時や、夢をみて眼がさめてしまった時に、自分の秘かな楽しみみたいにそれをやったので、わかる。はっきり兄やんがここにあらわれん時は、自分のどこかがタタってるんや。それでわたしは手洗いに立つ。台所へ行って、コップだったらコップ、ゆのみだったらゆのみにかならず三ばいのむ。つめたい浄らかな水が喉《のど》をとおり、胃の中にたまり、それがわたしを、あらってくれる気がする。二階にあがり、子供らが布団を蹴りだすようなことがないか、のぞく。昨夜も、上の小学三年の充弘は、枕元にある地球儀をかかえこむ格好で布団からとびだしていた。「お母ちゃん、韓国てどこにあるか知ってるか？」と夜眠る前にきく。「知らへんよ」とわたしは言う。「そうやろなあ、知らんやろなあ、お母ちゃんらの時、こんな地球儀もなかったものなあ」「熊野へ行くより、韓国へ行くほうがちかい」と下の小学一年の加代子が言う。「ここからここへ昨日電話かけたんや。アブリチャブリのおばあちゃん、みつひろなんとかアブリチャブリとわけのわからん言葉で言うてた」充弘はあの人の母さんのこと、アブリチャブリのおばあちゃんと呼ぶ。あの人は、充弘が韓国のおばあちゃんのまねして、アブリチャブリと言うてもにこにこ笑ってるだけで怒れへん。朝鮮の人は、わけのわからん言葉しゃべってると言ったり笑ったりしただけで昔は血相変えて怒ってきたのに。一度、兄やんも、朝鮮人に襲われた。いくつぐらいのときやったか、二十歳か、それとも二十一、二歳のときか。兄やんが二十歳のとき、わたしは十六、中学でてすぐに大阪に来たので、そのことを実際にはみなかったけど、なんかしらんが、一部始終をすっかり知っている。ことのはじめからおわりまでわたしがそばにつきそっていてずっとみていたようにわかる。駅前の飲屋がいっぱい建っているところで、兄やんはいきなり朝鮮人四人にとりかこまれ、わけのわからん言葉でなじられ、朝鮮人ばかりかたまってすんでいる踏み切り横の〝新地〟につれこまれようとした。兄やんはとりあわなかった。わらって、パチンコの景品買いも兼ねている〝居酒屋〟という飲屋にはいっていこうとした。そのわらいが朝鮮人らの腹だちに火をつけたらしく、胸ぐらをつかまれ、殴られ、蹴られた。木片でも背中をたたかれた。顔じゅうはれあがり、兄やんは道の隅に顔をうつぶせにして、気をうしなった。ゴミジというあだなの、兄やんの遊び友だちが、兄やんを家へつれてきてくれた。ねかして、裸にすると体中赤紫のあざになってはれている。母さんが、警察にネガおうかどうしようかと腹だちに燃え思案していると、その四人の朝鮮人たちがきた。なまたまごをどっさり箱にいれて。母さんにむかって、まちがって殴ってしまった、と何度も何度も詫びた。

なまたまごを赤紫にあざのできたところにあてると内出血した血を吸いだしてくれると言って、まじめな顔をして、母さんといっしょに兄やんの体のあちこちにあてた。皮膚の上をころがし、兄やんは、それがつめたくくすぐったいのかわらいだそうとしていっしょうけんめい口唇をかんでこらえていた。そんなことは朝鮮の迷信やと知っててわらいたかったのかもしれん。ようあの時、がまんして許してあげたと思う。しつっこく、何度も何度も四人がかりで殴り、ゴタゴタにしたんやのに。あの人らは、それからまもなく、国のほうへ引きあげていった。わたしはそんなこと見ると、ほんとうに、アブリチャブリやとあの人らのことを思う。もちろん、アブリチャブリは、日本人にもおる。兄やんでさえ、酒なんぞのむとアブリチャブリになる。酒のんでアブリチャブリになって、なにを言ってもきかん、どんなになだめてもおさまらず、母さんがおまえだけつれていまの父さんに嫁いだことがきにくわんと、おまえらのすんでいる家にいってめちゃくちゃにしてやるといっていた兄やんは二十歳。いまからおもうとそんなに若かったんかと思う。あの時はものすごいおおきい大人やと思った。わたしは十五だった。ねるのは、母さんとおまえの家だったけどわたしはあの家にほとんどよりつかず、学校おわると一日兄やんの家で、兄やんの仕事の手伝いをした。

いまから思うとわたしも悪かった。母さんの三人目の亭主、わたしから言えば三人目の父親、おまえから言えば二人目の父さんだけど、その、いまの父さんと母さんがいっしょにすんでる新しい家に全然よりつかなんだ。それでもどこかに泊ると母さんが怒るし、たとえ自分の兄と言えども男は一皮むけば畜生のようなものだから信用するなと母さんからきつく言われてたんで、夜はかならず家へ帰ったが、兄やんにあうといつも母さんや三人目の新しい父さんの悪口を言っていた。それが兄やんに火をつけた。素面《しらふ》のときは、わたしを反対になだめているのに、いったん酒が入りはじめると、あいつら裏切った、ぶち殺したると包丁をもって、母さんの家へ出かけようとする。「母さんも康二も幸せになるんやさか」今度はわたしがなだめた。「子供がいっぱいおって貧乏するより、康二だけつれて幸せになったらええんや」兄やん、兄やん、わたしは酔って怒りに燃えあがり荒ぶる兄やんにとりすがり、ふりまわされながら泣いて言う。完全にアブリチャブリや。「もう子供がいっぱいおって、芋をくって、生きてく時代とちがうんや。兄やんは母さんがかわいないのんか、康二がかわいないんか？二人が幸せに不自由なしにくらせるというのが、憎いのんか？」憎いことない、かわいくないことがあろうはずはない。でもなんでやろ、あんなにどんどん荒れて酒ばかりのみ、自分一人で、首つって死んだのは。

兄やん、兄やん、とわたしはまた呼んでみる。母さんの子供みんなで、三輪崎の海岸に遠足にいって、弁当たべたことあるなあ。あの時はたのしかった。いまから想うと、古く茶化てしまった一枚の写真みたいに感じる。兄やんと姉やんと熊野のシイちゃんとわたしと康二と、たのしくてうれしくてならんというふうに笑顔の一人一人が眼にうかぶ。砂浜が熱かった。丸くて白いつやつやしたまるで海の中で熱心な職人が丁寧にみがきあげたような石があった。黒い石もあった。わたしらはひとつずつ声をあげて競ってひろいあった。海は青かった。海の上がきらきらして、眼がきずついてしまいそうやった。兄やんの投げた石がぽんぽんぽんと海のきらきらの上をはねた。それはとびはねたいくらい楽しいという兄やんの感情みたいな気がした。なんであんなに波がなかったんやろ、と不思議なくらい海は静かだった。なんでやろ、熊野の海があんなに静かにおとなしくあったのは、あとにも先にもあの時だけだったという気がする。水平線の周辺に白い船がうかんでいた。漁師が沖で魚をとってでもいるんやろか、それとも母親がはしゃぎまわる子供らをつれて旅をする客船やろか。船は沖にとまっているようにみえたが、眼をはなし、しばらくたってからもういちどみると、ほんのかすかにうごいている。「兄やん、どこへ行くんやろか?」兄やんは砂浜にねころび、ジュースをあけろとだだをこねているおまえのために、シイちゃんからジュースのびんをうけとり、王冠を歯であけにかかる。ジュースを五本買ってきたけど、シイちゃんがセン抜きを入れるのを忘れた。わたしら四人ぶんのお弁当はシイちゃんのふろしきづつみ、おまえは、母さんにぐずって買ってもらったリュックサックに、自分だけの弁当、ゆでたまご、ジュース、みかん、それに、それがなかったらなにひとつものを食べられない砂糖を入れてきた。「アメリカやろう」と兄やんは、ジュースをおまえにわたしながら言う。おまえはジュースの口のあたりをじっとみつめている。兄やんがおまえの気持を察して、「大丈夫、大丈夫、つばなんどついていない。また康二がおこると思って、兄やんはつばつけんように注意してあけた」と言う。ジュースをのみながら、おまえは弁当をたべる。白い御飯のところに、紙にくるんできた砂糖をふりかけ、それにおかずは、桃色のみただけで甘ったるく唾《つば》がでてきそうなでんぶ、煮豆、これも砂糖がたっぷり入ったたまご焼き。ああ、いまからおもっても虫酸《むしず》が走る。なんでおまえだけ特別なんやろと何遍も何遍も思た。兄やんはそれでもおまえがかわいくってしようがなかった。好き嫌いがはげしいためにがりがりにやせてぴいぴい泣いてばかりおったおまえが、雀《すずめ》をとってくれと言えば雀をとってくるし、竹とんぼをつくってくれと言えばつくった。残酷なおまえは雀をなぶり殺し同然に死なせるし、竹とんぼなどものの五分であきた。兄やんとわたしら三人のお弁当は、うめぼしの入ったおにぎりだけ。それはシイちゃんがつくった。それでもおいしかった。楽しかった。なんでやろ？

風が吹いていた。ああ、あの時優しい風がふいておった。海の音が、わたしの耳の中で鳴る。早死にした兄やんが、そのときのまんまでそこにひじをついて上半身をおこし、わたしがシイちゃんと浜にうちあげられた丸いつやつやした硝子《ガラス》、青いのやら白いのやら赤いのやらをおはじきにしようとひろっているのを、眼をほそめてみている。世界がそこでとまったらよかった。時間がそこでとまってしまったらよかった。もちろん、時間がそこでとまってしまったら、わたしらは永遠に大人にならんわねえ、充弘も加代子も産まれてさえきえへんわねえ、そうなったらそうなったで困るけど、あのあとの兄やんやシイちゃんのことなどおこらん。わたしのことは、良え。わたしは、これからどうなろと、あの人についてくだけや。わたしはもう覚悟もできとる。あの人といっしょに他所のヤクザの組のものにピストルでうち殺されても、それはいややしこわいけど、あぶない橋わたってぜいたくなくらししとるんやさか、しょうないとあきらめる。あの時に、ほんまにできるんなら、もどりたい。「兄やん、アメリカて遠いのんかあ?」とわたしは、兄やんの横に坐ってきく。「遠いなあ、そうやけどあいつらはこのあたりまでやってきて、艦砲射撃《かんぽうしゃげき》した」兄やんはパンパンと鉄砲を撃つまねをする。兄やんの眼には、いま、この熊野のきらきらひかる海に、いままで敵だったアメリカの軍艦が浮かんで、この海をとりかこみ、日本人のわたしらを一歩も外に出さないようにしてみんなことごとく滅ぼすつもりにみえる。兄やんはその時いくつだったか? おまえが五つほどだったから、十二ちがうので、十七やね。わたしは十一歳。ずいぶん前のはなしや。兄やんは、いまのおまえよりも若かった。兄やんのその時の気持考えると、つらい。パンパン、バンバン、兄やんは撃つ。そのときの気持、いまとなってみたらわかりすぎるほどわかる。みんなアメリカが悪い。日本が戦争にまけたのが悪い。おまえまでは許した、留造さんまで許した、いや兄やんは母さんがさがしてきた三人目の父さんも許した。三人目の父さんみつけてそれで母さんも五人のきょうだいも幸せになるんやったらええ。兄やんは口にはださなんだが、一番初めのわたしらの父さんのこと思ってたことたしかや。父さんはアメリカに殺されて死んだ。アメリカは憎い。いまでもそうや、アメリカは憎い。おまえはアメリカに戦争敗けてから生まれて、アメリカの払い下げの横じまのセーターきて、アメリカの言葉学校で習って、アメリカの歌うたって育ってきたから、この憎いという気持はわからんやろが、わたしらの父さんはアメリカに殺された。そこがわたしらとおまえはちがう。わたしらからみたらおまえらこそアプリチャプリそのものや。

そのころ、兄やんは恋人がいっぱいいた。一番きれいで、一番男らしかった。妹ながら、子供ながら、兄やんの顔の動作、手の動作ひとつひとつが、花がひらくときのあのときのようにみているこの眼がやわらかくとける感じがし、ああ自分にも恋人できるのだったらこんな人と思った。母さんが明日の行商のため、夜、竹かごの中に川むこうの百姓家から今日しいれた玉子をつぶさんように段どりしてたとき、兄やんが町の娘をつれてきた。母さんは最初怒ったふりをしてた。芋、夏みかん、柿、干物、母さんの商はそんな食べものだけにかぎらず、手袋とか、藁草履とか服まであつかい、熊野の山奥と、町を往復していた。母さんは竹かごの中に最初みかんをつめ、その上に紙で十個ずつくるんだ玉子をつめた。「とまらしてくれ」と兄やんは言った。白い背広をきてハンチングをかぶり、たぶんダンスホールにでも行ってひっかけたんやろ、うつむいている女の子の背中をおした。母さんは黙っている。兄やんは、母さんが黙っていることが娘をつれていっしょに泊るということを認めたというように、皮靴をぬいであがり、うつむいて黙り土間につっ立っている娘に「ほら、あがらんかあ」と乱暴なまるでヨタモノのような口調で言った。わたしはシイちゃんと布団から顔だして、兄やんが恋人をつれてきたというので、目がさえきってしまい、どんな女の人やろと眼をこらしている。そのころには、もう一番上の姉やんは名古屋のライスカレー屋に奉公にいっているので、あとは泣虫のワガママモノのおまえだけ。そのころは、どういうわけか、しらみがわいてね。母さんを真中にして左側におまえ、右側にわたし、そしてシイちゃん。兄やんは男やったし、外で遊んでまわってばかりおったので、となりの部屋に一人でねてた。ねながら、母さんはおまえの頭にわいたしらみをつぶしてやる。一本一本丁寧におまえがねつくまで指でさぐってつぶす。「母さん、わたしもかいなあ」とわたしが言うと母さんは右手でわたしの髪を康二にするように一本一本こすってくれる。そうするとシイちゃんが、「母さん、わたしも」と言って、頭を母さんの手のほうにつきだし、いっつもごちんとわたしの頭とぶつかる。それでけんかする。どっちかが泣きだすか、おまえが眼さましてぐずりだすかして、母さんがおこる。その時のなりゆきは、それからすぐに眠りこんでしまったので知らんが、あくる朝、娘が帰ったあと、母さんが兄やんに、「生娘《きむすめ》を傷ものにしてどうするんな」と怒っていたのをおぼえてる。あとあとまで、わたしとシイちゃんは、あの娘がふびんで、どうしたんやろなとうわさした。妊娠はせなんだやろか？　もういまからは手《て》後《おく》れやが、娘が兄やんの子を産んでその子が邪魔なんやったらその子を欲しい。ときどき、そんなことは千にひとつ、万にひとつのことだとわかるけど、妊娠して子供をうみ、孤児院にでももらわれてるかもしれんと思い、その子に会いたい、その子につぐないをしたいとやみくもな焼けるようなおもいにとらわれる。

兄やん、ごめんしてほしい、許してほしい、母さんも康二も、わたしらも、自分自身が生きるために、生きつづけるために兄やんを殺してしもた。見棄《みす》ててしもた。なんで自殺したりしたんやろと何遍も何遍も考える。しかしそれは嘘や。許してほしい。みんなわたしはわかる。おまえにはわからんやろなあ。おまえがどんなに屁理屈を並べたてようと、あれもいやこれもいやとだだをこねて、食べものの一番良い部分、着るものの一番良い部分を、一番下に生まれた男の子という理由だけでかすめとるようにとって育った者に、兄やんの気持など絶対にわからんはずや。おまえが三つのときだった。わたしははっきりそのときのことおぼえてる。いまでもわたしはシイちゃんとあったら、あのときつらかったねえ、あのときほど、子供を四人も残して自分だけさっさと戦争で死んだ父さんをうらんだことなかったねえと話す。いまでも涙がでてくる。もちろん母さんの気持もわかる。あの時は貧乏のどん底だった、それに百姓家からしいれた百羽のひよこの九分九厘までが、猫に噛《か》み殺されるということがあった。わたしらが遊んで帰ると、たんすのひきだしが出っぱなしになり、押しいれがひらきっぱなしになってた。シイちゃんは泥棒がはいったと言ったが、一番上の姉やんが、近所の中で一番貧乏している家に泥棒がはいるはずないと言って、康二の服をさがせと言った。なかった。正月用に買った進駐軍のセーターがない。母さんの服は？　それもない。それでわかった。母さんはわたしら四人をすてた。康二だけつれて家出した。わたしらは抱きあって泣いた。父さんの子供だけ、母さんからすてられた。父さん、わたしらはすてられた。猫の仔すてるみたいに、犬の仔みたいに。ちょうどそこに兄やんがきた。許しておけん、みつけてゴタゴタにしたると怒って、わたしらに手わけしてさがせと言った。母さんは、おまえと自分二人のさしあたっての衣類もって駅のホームに立って汽車を待っていた。そんなになぜおまえだけかわいいんやろか？　おまえなど死んでしまえと思った。いっつも一人だけ良え目をする。いまから思うと、そのころから、いまの三番目の父さんとできとった。いまの父さんとたぶんオワセのあたりでおちあうことになってたんやろ。それはそれでかまわんことや。だけどなんでわたしらをすてんならんことがあると言うの？

　母さんはおまえが小学二年のとき、わたしが中学を卒業しようかというときに、おまえだけつれて、あの家をでて、いまの父さんといっしょになった。それがはっきりしたわたしらのきょうだいの不幸のはじまりや。おまえはおぼえてるねえ、兄やんは酒のむたんびになんどもなんども、おまえらの家へ行き、包丁つきたて、おまえら殺したる、と暴れたのを。兄やんは殺そうと思えば、母さんもおまえもあの父さんも殺すことはできた。しかし包丁つきたてたり、斧《おの》をふるって、きれいな台所やかまどをこわしたけど、それをおまえらの上にふるうということはなかった。結局、自分を殺した。きれいなまま、子供のまま、死んだ。わたしらのために。わたしら母さんの子供のために、父さんの娘三人のために。

　兄やん、兄やん、とわたしは呼ぶ。あの時は楽しかったねえ。なんであの時のまんま、とまってることできんのやろかねえ。兄やん、シイちゃんは気がふったよ……。姉は眼に涙をふくれあがらせ、応接間の暖炉を模した棚の上においてある黄ばみしわのよった兄の写真をみた。兄は上半身裸、だぶだぶのズボン着て、笑っている。いまのぼくと同じくらいの齢《とし》か、それともひとつか二つ下か、二十一、二であることはたしかだ。

あの時のこと知ってるか？　姉がきいた。おまえのアパートにシイちゃんが電話したやろ。たしかにぼくは電話をうけた。雪がふっている時だった。つらかった。ぼくはただ歩きまわった。歩きまわり、故郷の熊野では生まれてから一度も眼にしたことのない光景、雪はふりつもり、地表のすべてをかくしてしまうものだということが、姉の異変よりもつらく痛い事実におもえ、そしてユキミザケだとしゃれのめそうと、昼日中から酒をのんだ。良いかげんにウイスキーが体にまわってから、屋台にでものみにゆこうと思いついて外に出、なんのつもりか、ズック靴を手にもち、素足になったのだった。オレハオマエニ許シテクレナンドト言ワンゾ、ダケドオマエハナゼ姉タチニトリツイタリスルンダ？　ぼくはそう言ったのだった。

学校へいって勉強してるおまえまでに心配させることないと母さんやわたしらが必死になってとめたけど、シイちゃん、どんなことしても言うこときかん。「康二にどうしてもひとこと言っておくことがあるんや」と言う。あのときはまだ正気やった。おまえが出た、電話してみ、というと、いままで暴れに暴れて、泥やしょうゆでべたべたになってるのに、弟には姉らしくふるまわなくてはいかんと思ってるのか、「そうか康二か」と言って、いそいそと電話機の前にいく。「康二、姉やんやあ」とシイちゃんは言う。「康二、大学で勉強しすぎてノイローゼらになって自殺したりしたらあかんよ、母さんもシイちゃんもおるんやから」おおきな声でどなったやろ？　そこから気がふってしまう。「もどってこい、もどってこおい」と叫びはじめた。まだそんな時はええ。「ああ、兄やん、許してよお」そう言ってめそめそ泣きはじめると絶対油断はならん。ちかくにあるものなんでもにぎってわれとわが身を傷つけにかかる。わたしも母さんも名古屋の姉やんも、シイちゃんにくっついたっきり。お便所にいくのも夜寝る時も。すっかり子供になりきってる。おかしな感じやった。ほんとうはちっともおかしいことなどないのに、四人の大人の女がくっついてまわっているということはやはりなんとなくおかしい。わたしと名古屋の姉やんはちょうどわたしらの死んだ父さんの法事を熊野のおまえや母さんの家でするというので帰っていったのだった。シイちゃんは病気だった。法事の時、ささいなことで、名古屋の姉やんと、いまの父さんの間でけんかになった。法事のお返しに出る盆に、勝太郎としか書いてない。姉やんは気性が激しいし、それに兄やんが死んだいまはわたしら父さんの子供の代表みたいな気持もあるし、それで、いきなり父さんに、「これじゃ、法事に来てくれた人には、どこの馬の骨の勝太郎かわからん。木下勝太郎となんで書かん？」とくってかかった。父さんも、姉やんのものの言い方に腹だち、なにを言うと姉やんの頭をはらった。そのすぐ後や、シイちゃんが犬みたいな声だして、壁に頭をこすりつけだした。恐ろしいものでもみてるというように、頭を壁にごしごしこすりつける。シイちゃん、シイちゃんと言っても返事もできん。シイちゃんの子供二人が来たので、わたしはあわてて、「おばさんと外にいこ……」とつれだした。そのときから、母さんと姉やんとわたしはずっとシイちゃんといっしょ。病院へ診察してもらいにいくときも……。姉はそう言ってため息をつくように笑った。たしかにその光景は姉が言うようになんとなくおかしいことは、この眼で視《み》なくともぼくはわかる。三十前後の子持ち女三人と母が、昔、猿が子供ののみをとってやるようにぼくや姉たちの頭のシラミをとっていたという時とそっくりの構図で、そこにある。姉は口元に笑をのこしたまま涙の滴をまつげにため、ぼくをみつめ、幸せもんやなあ、おまえは、と言って、涙を指でぬぐった。ぼくは姉に答える方法を知らず、ぐすっと鼻で笑った。

兄やんのこと考えることあるかあ？　姉がきく。

ああ、とぼくはめんどうくさげに答える。結局、子供のままで、首つって死んだんやなと思うな。

きれいなまんまやね。

おれには全然ないな、おれはずっと他人の顔色うかがって、それでここぞと思ったとこで甘えてぬくぬくときたから。そう言ってぼくはへっと声を出して嘲《あざけ》った。冗談じゃない。血のつながらない父を父と呼び、諍《いさか》いをおこすたびに、よし、いまにみていろ、おれを封じこめるのがその経済力であるなら、おれ一人養育するにかかった金をそっくりそのまま束にして、おまえらの横っつらはりとばして、これから以降、親でもないし子でもないとタンカを切ってやると思い、その経済力をそなえた一人前の大人になった自分の姿を想像し、自らをなぐさめたことなどないだろう。ぼくは自分を弁解したいと思ったが、いまさら弁解してなんになろうと思いやめた。何度も何度も、殺してやると言って暴れに来た兄に対しても、或日或朝、首くって死んでいると聞いたとき、まず疫病神《やくびょうがみ》がいなくなったとほっとし、それからはずかしくなったのだった。もっと別の、世間の、人並みの、死に方がなかったものだろうか？　たとえば車にひかれてとか病死とか。

生きてるということは薄情なものやな。

ああ、とぼくは気の抜けたアイヅチをうつ。

田舎にいって、留造さんや子供らにあう時ある？　だし抜けに姉がきいた。不意にどういうわけかはずかしくなり、いや、あわん、と答えた。それは嘘だった。

毎日、ちゃんと学校へ行ってるか？

ああ、毎日、ちゃんと学校へ行ってる、とぼくはそっくりオウム返しにした。それもまっ赤な嘘だった。ぼくはいわばニセ学生だった。学生でもないくせに、学校へ行っていると父母やきょうだいをだまし、月々の仕送りをうけていた。それで毎日、酒をのみ睡眠薬や鎮痛剤をのみ、くだらないフーテンの自称テレビタレントと遊び呆けていた。今日、大阪の姉の家にやってきたのも、金がほしいためだった。女は、天王寺の一晩中やっているモダンジャズ喫茶店でぼくが、姉から金をせびりだしてくるのをまっていた。

おれは、死んだ者に悪いことしたとは思わんが、他のあんたらおれのきょうだいに悪いことした、悪いことしてると、ときどき思うよ。

へえ、そんな悪いことしてるの、どんなことやろなあ？

いや、そんなふうに言われたら、困ってしまうけど、なんかしらん、なんせからそんな感じや。

おまえはね、ここはまちがったらあかんよ。おまえに対して、一人だけ幸せにわがままいっぱいに育ったとわたしらが言うのは、けっしてけっしておまえが憎いからではない。おまえだけ、高校でて、大学へいまいっとるわねえ。おまえの気性から言って、どうせ汚ない格好して棒をふりまわす仲間に入ってるんやろが、母さんもわたしらも、康二が人に後指さされることのない立派な人間になってくれることを願ってる。博士にも大臣にもなれなくとも、大学でたというだけで、土方や大工みたい苦労して体だけ頼りに生きていかんならんということはないから。

土方や大工になって生きるのが一番良いのじゃないかとこのごろ思うんだ。

あほなことゆうて。姉はぼくの顔をみて哀しげなわらいをつくった。これやから、おまえは好かん。姉はぼくなど相手にはできないと言ったふうに、手をのばし、テーブルにおいてあるあきらかに朝鮮のものと思われる赤と青と白の小物入れの布袋を手にとる。いっつも、突拍子《とっぴょうし》なことを言う。頭ばっかりで、なんにも知らんと。土方がどんなにつらいことか、知ってるか？

知ってるよ、いまの親父、土方の親方だよ。子供のころから、ずっとみていた。男の生き方の原型みたいなもんがここにあるって。

そんなことをきいたら、母さんも、それにいまの父さんも泣くよ。康二が、大学へ行って、土方になりたいって言ってる。父さんも、ああ、なんで苦労して、自分の子でもない人の子を育ててきたんやろか、と落胆する。おまえは優しい子やから、いまさらそんな落胆を母さんや父さんに与えたらあかんというのを知ってるやろ。どのくらい、あの二人は苦しんできたか、わたしはわかる。どのくらい親は苦しんで、おまえを育ててきたか。母さんはここずっと心臓が悪い。母さんは、いっつもいっつも若死にした兄やんのことを想い出しとるはずや。なににつけ、かになにつけ、風が庭の木にふいて梢をゆすらせても、ろうそくの火がゆらいだことでも、夜、このあいだ、母さんの家に子供らをつれて行って泊ったとき、母さんは眠りながら、ああんああんと、うめき声をあげている。悪い夢みているんやろか、それでうなされとるんやろか。わたしはもう寝もやらず、布団の上に坐りこんで母さんをおこすもんか、どうしようかと思案した。ああん、ああんと呻《うめ》く。涙がでるほど、母さんが苦しむのをみるのはつらいのに、涙もでん。わたしは自分のこと恐ろし女やなあと思った。どんな夢みてるんやろか？　針のむしろか、血の池か？　それでなくっても、年老って、太って、胸しめつけられ顔が黒くむくんで、起きてるとき心臓に苦しめられとるのに。母さんが眠りながらうめいているのを、ただわたしはみてるだけだった。兄やん、許してやってほしい、救《たす》けてやってほしい。母さんがうめいてるよ、こうおまえとはなししてい る夜のいまでも母さんは、ああんああんとうめきながら熊野のあの家でつらい眠りを眠ってる。母さんは、あんな母さんやから、シイちゃんが気ィふったときも、あれはあれでつらいやろが、つらいことに耐えて人というものは生きていかなあかんと言ってたけど、わたしと二人になって三輪崎の病院で、診察してもらってるシイちゃんを待ってたとき、涙など子供にみせたことのない女が、一滴《しずく》亀のように涙を眼から頬《ほお》にたらして、子供が苦しむのをみるんやったら、自分が発作おこって苦しむほうがよっぽど楽やと言ってた。発作がおこるたびに、死ねるもんか、このぐらいで死んだりするもんか、と思う。死んだら楽やろが、いま死ねん。子供らが、親になって、孫が親になるまでも死ぬことはできない。母さんの病気のこと思うと、死なんでほしい、いつ母さんは普通の世間にざらにある母親とちがうんやから、死なんと、いつまでもいつまでも生きててほしいと思う。そうやけど、それは地獄にずっと居つづけろというのといっしょや。

ときどき、ひょっとするとあんなにはやく自分で死んだ兄やんは幸せだったかもわからんと考える。兄やんの死んだ後も生きとるわたしら四人のきょうだいや母さんやあの父さんのほうが、いやおうなしに病気になっても気がふってても生きんならん、棺《かん》の中に入って菊の花いれられて火葬にされて南谷の煙になるまで生きんならんというだけ、不幸せだと言えるかもしれない。おとつい、昼間、子供ら二人つれてあの人と、あの人の子分の嫁さんが出しとる料理屋に、姐さんに世話になっとるから来てよぜったい来てよと言うから、行ってきた。子供ら二人はなんにも食べへん。あれいやや、これいやや、と箸《はし》でつついただけ。朝鮮の血が半分入ってるから、魚の料理など食べるのがきらいなんや。あの人にそう言うと、それはそうや。なにがうまいもんか子供らが一番良う知っとる。口なおしに、飛田《とびた》のお母はんとこへ、本場の料理を食べに行くこと言う。あれはまだ日もおちてなかった四時ごろやった。飛田のお母はんていうのは、あの人の組の会長の二号で、店を四つほどもってる。あの人がチンピラでヨタってたころから世話になった人で、日本人やけど、どういうもんか朝鮮料理をしてる。飛田の子分の嫁さんとこへ行くんやったらそれこそ普段着で手ぶらでもかまんけど、飛田のお母はんとこへ金はらって食べにいくにしても挨拶するのに手ぶらでなど行けえへん。もちろん飛田のお母はんは店などに出んと、店のビルのすぐそばの家で、いっつもキセルくわえて、あの着物が良えこの着物が良えと言って、気楽に暮らしとる。わたしの顔みると、ふみちゃん、ややこのつくり方、おぼえたかあ？　ときく。悪い男につかまってしもたなあ。そしてあの人に、こんなうぶな子を、泣かしたりしたらあかんでえ、といまでも、昔、あの人につれられてあいさつに行った娘だったころとそっくり同じこと言う。お母ちゃん、もう二人も学校へ行ってる子供いるのに、とわたしが言うと、そうか、けど、お母ちゃんには、まだ夜のたんびに痛い痛いと泣いてたふみちゃんみたいな気する、とわらう。かわいかったねえ、うちがいっしょになったばっかしの日本橋にすんでたころ、ふみちゃん、痛いやろと訊《き》くと、うんとうなずきよる。わたしはもうそんなこと忘れてしもた、と姉はにが笑いをした。みんな飛田のお母はんのつくりばなし。飛田のお母はんとこへ行くのに手ぶらで行けんから、阿倍野《あべの》の近鉄で買い物して、タクシーまってても来えへんから電車に乗ろうというので、天王寺《てんのうじ》の駅へ行った。あの人が切符を四人分買ってくるのを改札口で待ってた。汽車がホームに入って、人がどっと出てくる。手に手にボストンバッグやらみやげをもって。ぼうっとみていた。わたしも心の中で誰かを待っとる気持になってたんやろか。わたしのすぐ後で、「ふみこお、ふみこお」とはっきりわたしの名前を呼ぶ声がする。どきいっと心臓の音をたてて鳴った。それは兄やんの声や、兄やんのちょっと鼻にかかったような声そっくりや。わたしはさがした。そんなことは絶対ありえんけど、ひょっとすると万が一、昔みんなで川へ遊びに行ってそのうちどこをさがしても姿がみえんので泣いてたとき、どうした、ちょっと他へ遊びに行ってただけやのに、と笑いながら出てきたように、出てくるかもしれんと思った。あの顔もあの顔もちがう。そしてそのうちおかしくなった。生きてたらもうええおっちゃんやんか、それなのにわたしは二十三、四の若い男の子の顔ばっかりさがしてた。姉はそう言って立ちあがり、応接間のストーブを模した飾り棚から写真立てをとった。生きてたらもうええおっちゃんやんかあ。笑うてばかりおって。

あんたももうおばんやな、ぼくは姉のはなしを聞きつづけることがたまらず苦痛なのに、まだ蜒々《えんえん》と早死にした兄や、姉たちや母のはなしをきいていたいという二つのムジュンした気持があるのを知っていた。いや、その二つのムジュンは、こういう複雑な家族のただ一人残った男の子なら抱いて当然だし、それを姉にわかるように顔の表情にあらわしてゆく、そんな計算がかすかにあった。つまりぼくは、姉のはなしを聞きにわざわざ大阪のはずれに位置するこの針中野にきたのではなく、フーテン女と遊びまわる金がほしいためにここに来たのだった。

そうやあ、どんどん年とって。死んだ人間は若て、きれいなまんまなのにね。

生きてるわれわれが死んだ人間にいっつもいっつも苦しめられる。おれは兄やんが、父さんと父さんの子と、母さんと母さんの子であるおれの家へ酒のんで斧や包丁をもって殺したると言って暴れにくるたんびに、殺すんだったら殺してみやがれ、と思った。殺すこともできんくせに。おれは父さんや父さんの子に、泥酔して暴れにだけやってくる兄やんを恥ずかしかった。兄やんと半分だけでも血がつながっているという理由で。ぼくはそれ以上言うのを止《よ》そうと思った。言うと死んだ兄に対するうらみのようなものがとめどなく流れでてくるような気がした。おれはね、死んだ兄やんの霊魂のようなものがあるんやったら言いたい、おまえは弟のおれにうらみはあっても、母さんや女のきょうだいにとりつくことないと言ってな。

とりついたりせん、わたしらが兄やんにとりついてるんよ。風が吹いても兄やん、雨がふっても兄やん。あの仏壇に、手をあわせておがんで、今日も一日、あの人の商売がうまいことといきますように、賭博に勝ちますようにといのるときも、兄やん、阿《あ》弥陀《みだ》様、観音様、日蓮《にちれん》様といのる。兄やんはこのごろは賭博の神様やし、あの人の浮気封じの仏様になってしまってるみたいなもんや。この前、あの人といっしょに家族みんなで、ソウルへいくという時も、わたしは一週間、水ごおりするつもりで一時間ずつ毎日、御題目をとなえ、それからなにもかもおねがいした。まずあの人が賭博に勝つこと。それにソウルまで飛ぶ飛行機が落ちたりせんこと。子供らが病気にならんこと。熊野の母さんの病気がいっぺんに悪くなったりしないこと。兄やんの仏さんはよう効く。それからずっとつきがまわってあの人は勝った。勝つと言っても千円や二千円勝つんとちがうよ。百万、二百万、おおきいときは五百万、一千万と勝つんよ。康二なんかには想像つかんでしょ。もちろん勝つとき大きかったら負けるときも大きい。このごろはあの人が帰ってきた時、あの人の顔を一目みただけで、今日は勝ったか負けたか、勝ったのだったらどのくらい勝ったのか判断できるようになった。体がこういかついてるな、なんかしらん力《りき》いれとるなとみえる時はきまって負けてすっからかんになってる時で、その反対で、なんかじじむさいな、いくら若がってももう年やなと思う時はきっと勝ってるときや。男の人て言うのは、おもしろいなあ。あの人とわたしは十五ちがうけど、その齢の差がそうさせるんかもしれんし、あの人の国は韓国で、韓国の人はみんなそうするかもしれんが……康二なんか、朝鮮人は乱暴で、それこそアブリチャブリでものの道理がとおらん人間やと思てるかもしれんが、いっしょに暮らしててわかるけど、まったくその反対よ。

齢とってヤクザの幹部待遇だからだろ、義兄さんは。

あの人だけとちがう、ソウルへ行っても、ソウルからがたがた道を入ったあの人の田舎へ行っても、みんなやさしかった。充弘も加代子もすぐ友だちになって、言葉ぜんぜん通じんのに唖《おし》が話すみたいに手まねではなしてた。みんな人なつっこい善《え》え人ばっかりで、日本人のわたしが行ったら、こっちのほうが気はずかしくなるくらいぞろぞろ子供や娘さんがついてまわり、わたしが坐ってたら子供らは一メートルもはなれんと、坐りこんで珍しいものでもみるみたいにじいっとみつめてる。

それはね、彼らはあんたのことチョッパリだと思てんのや。日本人のあんたはチョッパリだって……。

なにい、そのチョッパリっていうの？　姉は訊いた。ぼくは答えるのをよそうと思った。姉が自分の夫の故郷にいって、親きょうだいに義兄の出世物語の頂点を証明する人間として、言ってみれば略奪され手ごめにされた日本の女の象徴みたいに写っても、それはそれでしようがないと思った。ひづめのように手足がさけている、人間の感情をもっているものではないと日本人のことを植民地時代に内心で思い、それが植民地という政治の形がなくなったいまは、朝鮮の田舎で後から産れた子供らに、日本人はけものの手足をもっていると信じられるようになった、ということもそれはそれでしようがないと思った。民族間の対立や和解や差別という事象は、姉の弟であるこのぼくにはまるっきり関知しないことで、はっきりしていることはただひとつ、姉やその子供が幸せだったらそれで良いのだということだった。弟のぼくにそれ以上なにを望むことがあろう。姉は結婚式をあげなかったし、義兄とこの国やあの国の法律の下での夫婦ではなかった。つまり姉は、姉たちの父の姓のまま木下文子だった。二人の子供は、朝鮮人と日本人の夫婦の子供でなく、そうかといって、木下文子の私生児ではなかった。実際は半チョッパリだが、法律上は、最初の子供が名古屋の姉夫婦の子供、二番目が熊野に住む姉夫婦の子供としてとどけでて、養子、養女として姉がもらいうけた形をとった。姉は自分の子供を自分の戸籍にいれるために何度も名古屋と熊野の裁判所にでかけた。敵は日本人であり、姉が自分の子供に予知する不幸の数々は、この日本の世間や社会、国家の中においてひきおこされるものだ、ということを姉はわかっていた。

あの人たちは善え人ばっかしやよ、そら、日本人の中にも泥棒や乱暴者やいけずの人間があるように朝鮮人の中にもおるやろが……。姉はそう言い、そうや、康二に良えものみせたる、と言い、立ちあがり、隣りの部屋に入っていった。ぼくはテーブルの上に姉が立てかけて置いていった兄の上半身裸の写真の入った写真立てを取り、おまえは弱虫だよ、と指で顔のあたりをこづいてやった。姉は緑色の着物と写真帖をもってもどってきた。

どう、これ、ちょっとええでしょ。姉は緑色のゆったりしたブラウスのような上衣と、白いスカートのようなものをひろげてみせた。この朝鮮服、あの人のアブリチャブリのお母さんにもらったん。それこそ、わたしがいくと、アブリチャブリアブリチャブリアブリて言うて、あの人もこっちではアブリチャブリちょっと話しておしえてよと言うても知らん、忘れた、と言ってるのに、アブリチャブリアブリチャブリと話してる。お母さんはこれをわたしにやると言う。お父ちゃん、なんて言うてんの？　ときくと、べっぴんな嫁さんきてくれた、と言ってると言う。お母さん、あの人が日本にわたってからこの三十何年間、いっぺんとして日本に足むけて寝たことないと言う。ちょうど心臓の発作が起ったとき、母さんが、東京の方むいて、康二、母さんは苦しいよ、とおまえだけが母さんの味方で母さんのこと理解してるというように話しかけるみたいに。どこの国の母親でもいっしょやな。七十ぐらいで、よぼよぼになってんのに、あの人が床にごろんと横になってたら、体を撫《な》ぜなすって……。あの人がソウルで買うた金のかんざし渡すと涙流して喜んでた。

姉は緑色の朝鮮服を胸にあて、あごでテーブルにおいた写真帖をさして、初めのほうに、この服着た写真貼ってる、と言い、ぼくに写真帖をあけるように促《うなが》した。ぼくは姉に言われるまま、写真帖をあけた。最初の頁には、今年の夏か、去年の夏のものと思われる海水浴の写真が四枚貼ってあった。姉と水中眼鏡を頭にかぶった充弘、姉と恥ずかしげにわらった加代子、充弘と加代子二人のもの、それに姉と二人の子供のもの、その組みあわせだった。場所は、故郷の海岸だった。姉は白いつばの大きい帽子をかぶり、なにひとつ気のりしないが子供らに連れられてここにきたという顔で眼をほそめ、口もとに柔らかいわらいをつくり、普段着のままだった。いつの写真？ぼくは訊いた。ああ、おととしの。写真かたづけていたらでてきたから。ちょうど子宮外妊娠したとき、むこうでずっと養生してたでしょ。姉は答えた。姉が朝鮮服を着ている姿などみたくないとぼくは思い、話をそらそうと、この海のことしってるか？ときいた。いまは海水浴場になってるけど、昔から有名な海や。偉い坊さんが、ここで舟にのって、渡海した。

そんなこと知らん、と姉は言い、自分で写真帖をめくった。朝鮮のわらぶきの変哲もない家を背中にして、朝鮮服を着た姉と、背広姿の義兄の二人があった。姉は楽しげで、故郷の海を背にしたときのようなかげりみたいなものはどこにもなく、この写真を朝鮮の夫婦の写真だ、あるいは朝鮮の兄妹の写真だと言っても通ると思われるほど、姉の朝鮮服は自然だった。ぼくはその二人の写真をみていて、その自然さがかなしく、そして弟のこのぼくには眼をおおいたくなるほど悲惨だと思い、それとほとんど同時に、かなしいだとか悲惨だとか思っているこのぼく自身が実に良いかげんな感情しか姉にもたないと思い腹立たしくなった。姉になにをしてあげることができるというのか。

どう、ちょっとステキでしょ。姉は言い、ぼくはうなずいた。電気もついてないから、みんなランプで暮らしてんのよ。

まだあんたは幸せだな。おれはぜいたく言わん、安心するよ。ぼくはそうとしか言えなかった。

ぜいたくは言えんね……。姉は写真帖をとじ、ふうっと肩で息をつぎ、それから顔をあげてぼくをみた。涙が眼のふちにじわじわにじみだしふくれあがり、滴になって頬におちかかろうとする。ぜいたく言うんやったらなあ、もういっぺんはじめから、おまえが産れたばっかりの、なにを食べようにも食べるものもないあの母さんの子供らの時代にもどりたい……

姉から故郷の父や母にぼくがおおさかに来たことも金を借りたことも内緒だという約束をして、金十万円也をくすねるようにせびりとり、姉に、義兄がかかえている白タクのおっちゃんを呼んでもらって、梅田にいった。真夜中の三時だった。梅田で誰が待ってんのや、と姉は訊いた。友達だよ、とぼくは答えた。嘘やろ、康二の恋人が待ってんのやろ、なんにも恥ずかしがることないやないの、その齢になって恋人の一人や二人おらんほうがおかしい。康二の恋人みたいなあ、つれてきたらよかったのに……姉はそう言って、嬉々として、金を用意してくれたのだった。ふしぎなきょうだいだと思った。いくら賭博打ちの女房で、五万十万という金など金のうちではないと言った考えをもっているにしても、どこの世界に、弟が女と遊び呆けるためにその金を使うんだと知り、むしろそのためにだけ使えとそそのかして、用意してくれる姉がいるだろうか。梅田のモダンジャズ喫茶店スウィングにいくと、東京から一緒にやってきた女は、壁に頭をこすりつけ、身をまるめ、眠っていた。小鳥のようにきゃしゃでちいさな女だと思った。朝から女の食ったものは、おおさか駅の大衆食堂でぼくと半分ずつ分けあって食べた素うどんだけだった。スパゲティとカレーライスを二つずつとり、それを食べながら、ぼくはせっかく金を手にいれたのだから、その金でマリワナかハイミナールを仕入れ、新幹線で東京にもどろうと思った。姉のいるこのおおさかを早々に引きあげたほうが利巧《りこう》だ。

解説　「末っ子の文学」試論として

古川日出男

現在、二〇一四年の末の印象をまず最初に記しておけば、中上健次は文学的な神話中の人物となってしまった。その著作を、中上健次の著わした「作品」としてではなく「中上健次」に著わされた作品として読まないでいることは不可能に近い。要するに著者のほうが著作に勝ってしまっている。夭逝《ようせい》とはそういうことなのだろう。もちろん享年四十六というのが正確に夭逝と言えるのかどうかは、難しいが。この解説ではできるかぎりそれを断つ。完全には断てないし断つことに意味はさほど無いだろう。しかし、断とうという姿勢は何かを掘り下げるか掘り起こしはするだろう。

これは中上健次という一小説家の第一作品集である。すでに一という数字が二度も出たのだから、この作品集は一つのまとまりとして読まれてよい。この著者は、この本以前に著作を持たない。この本の以後に多数の著作を持つことになるが、それはこの本それ自体にはどうでもいいことだ。一冊として見る時、この本は何か？　まず、そこには一つの時代があると言ってよい。恣意的に例を挙げれば、「一番はじめの出来事」の前には大江健三郎の『芽むしり仔撃ち』の時代があり、「十九歳の地図」の後には村上龍の『コインロッカー・ベイビーズ』の時代がある。つまり先行作を感じさせるものがあって、フォロワーを感じさせるものがある。ただし、この一冊の本『十九歳の地図』が先行者から単純に発しているのだとか、フォロワーを開拓したのだ、とは言えない。そんなことをこの解説の筆者は言おうとしているのではない。この『十九歳の地図』という、四篇を収めた作品集には時代がある。一九七四年に刊行されて――現在(この解説の執筆時点)から四十年前だ――時代というものを当たり前に刻んでいる。だが、何かが奇妙なのだ。短篇としての「一番はじめの出来事」がどの時代に収まるかは、わかる。同じく「十九歳の地図」がどの時代に収まるかも。しかし一冊の『十九歳の地図』は、どこかには収まっていない。時代が、イロハのイからロに、ロからハに進むものだとして、この本はイとハの間でいつしか斜め歩きをし出している。斜行し、時代という帯から食《は》み出し滲《し》み出して、どこかに行こうとする意思を持つ。

意思を持っているのは「作品」であり、それを著わした人間＝「中上健次」である。となれば、どこか、というのがどこなのかを見定められた時にこの『十九歳の地図』という一冊の本は中上健次の著わした「作品」でも、「中上健次」に著わされた作品でもない、著作と著者の強弱の等しい「中上健次の作品」として読まれる。または、読まれる可能性を萌《きざ》す。

この解説ではすでに数字の一を強調した。なにしろ「一番はじめの出来事」が、この一冊の本『十九歳の地図』を始動させている。その「一番はじめの出来事」のなかで最初に目を射る数字は、じつは一ではない。二だ。主人公の僕の名前が康二だからだ。正確には＊＊康二。苗字の伏せられた名前。その、わざわざ苗字を秘め隠すという自意識が（語り手の自意識が、著者たる中上健次の自意識が）この本の読み方を決定させる。

兄の家にむかった。＊＊康一、＊＊康二は、△△康一郎、△△康次郎のものまねだ。新宮の＊＊康二、和歌山県の新宮の＊＊康二、それから日本の和歌山県の新宮の＊＊康二、太陽系地球日本国和歌山県新宮の＊＊康二、ずっと言っていくと僕はわからなくなる。

こうして引用すると、二という数字の持つ大きさがわかる。二の前には、一がいるのだ。僕は弟であり、一が兄なのだ。この語り手は「はじめ」にはいない。必ず、すでに生まれた（生まれてしまった）世界あるいは宇宙の後続者、追従する者として登場する。そしていま一点、引用部分がハイライトを与えるのは語り手の自称「僕」である。そこで、他の三篇の語り手たちのそれにも注目すると、「十九歳の地図」でも「蝸牛《かたつむり》」でも「補陀落《ほだら》」でも語り手たちは「ぼく」と言っている。僕、または、ぼく。そして「補陀落」でのぼくは名前が康二で、やはりこれらは一つのまとまりを有した作品群なのだと、そう理解するための鍵が得られる。収録順に整理すると、

・「一番はじめの出来事」での語り手は、＊＊康二、小五。
・「十九歳の地図」での語り手は、吉岡、名前はない、十九歳。
・「蝸牛」での語り手は、ひろし、苗字がない、二十代か？
・「補陀落」での語り手は、康二、旧姓は記されているが現在の姓は不明、二十四歳か？

となる。「蝸牛」内でだけ名前がずれるが、しかしこの語り手はヒモだ。しかも「女の目に映る自分」の像を捏造《ねつぞう》している。だとしたら偽名だと考えても許される。するとこれら四篇は、僕またはぼく、康二という人間の一連の物語なのだとなる。その一番はじめに、「一番はじめの出来事」がある。

　巻頭作「一番はじめの出来事」こそがもっとも構造的に複雑であり、それは山という聖域、朝鮮部落という異域、そうした空間性に、僕と友人たちという縦の帯、僕の家族という横の帯をからめて、その家族を完璧には血縁で繋げない。そして兄がいて、姉がいて、兄は死ぬ。全体的に神話的である。この解説ではあえて「神話」という言

葉を（ほとんど安易に）使う。この小五の康二の体験には、ローカル性や兄の自死などの特殊性が刻印されているにもかかわらず普遍性がある。大江健三郎の『芽むしり仔撃ち』が一九四〇年代の戦争を作品の背景に使ったようには「時代」を持ち込んでおらず、それが普遍に関与しているように思う。それが強みであり、それゆえのフォロワーらしさでもある。

次篇「十九歳の地図」になると、構図はやや単純で、にもかかわらず神話性が後退しない。それは数字に関係している。標題の十九歳、このフレーズこそが青春の旗印であり、神話だ。この十九歳は予備校生である。

> 日本史、なんのためにこんなものを理解したり記憶したりしなければいけないのか、さっぱりわからない。この教科書の記述とはほどとおいところでおれの先祖は生きてきただろうし、いま現在、おれはそれらの記述のおよばないところで生きている。

この日本史の教科書への語り手の言及に全てがある。新聞配達の少年である語り手は（彼は吉岡だが、それを康二と断じてもいい）、配達するエリアを一つの聖域として持っている。すでに神であり、本人も言及している唯一者であり、地区一帯を支配した。そしてその神の声は、公衆電話を通して、「メッセージ」として届けられるのだ。その「メッセージ」が爆弾である。この作品の特徴は人名の連打であって、それらの人名は「メッセージ」の届け先としてのみ価値を有する。だが、この神話もまた異域を持つ。それは隣りのアパートの一部屋だ。そこの住人は名前を持たず、女の声は、じつは神である語り手を——その感情を——駆動している。異域からの声があり、それに神ですら反応してしまうからこそ、この作品は「実際には破壊しないのに、破壊する」力を持つ。そして次の時代の、たとえば村上龍の『コインロッカー・ベイビーズ』は、もちろん実際に破壊する。

このようにして、明確な時代と時代の狭間に「一番はじめの出来事」と「十九歳の地図」があって、しかし、三篇めから斜行が開始される。「蝸牛」では、ヒモである語り手が、女の連れている幼稚園児・輝明に何かを見る。輝明は明らかに「一番はじめの出来事」の小五の僕に近い。だからこそ笹や竹の繁った山に行き、そこで危ない怪我を負う。山という聖域から排除される。これは（本来『十九歳の地図』という一冊が収まるべき）時代の帯からの疎斥《そせき》である。

輝明がいま一人の「僕」であることは、その好物がでんぶである事実も証していて、収録された最終篇「補陀落」では幼少期の語り手——二つの姓を持っていた康二——の好物はでんぶだったたと、これはしっかり描出されている。そして、この「補陀落」

の康二の兄が死ぬ。いや、もう死んでいる。兄は、二十四歳で自死していて、語り手の康二は、いま現在ほとんど二十四歳なのだ。兄の名前が康一だとは、ここでは記されていない。しかし、いずれにしても二は一に近づく。そんなふうに二が一に近接していって、しまいには一を乗っ取るのならば『十九歳の地図』は神話の体裁を完成させただろう。この康二が、康一に成り代わるのならば。康一の座を簒奪《さんだつ》するのならば。しかし、この康二は、そうしない。

外に出るのだ。いや、斜行したのだ。

その斜行した行き先に、中上健次がいる。第一作品集のこの『十九歳の地図』でも階級という主題は意識されていて、たとえば右翼とは神話と一体化したい感情だろうとも暗示されていて、しかし階級の外に著者は立つ。結局、階級という制度の最底辺をこの著者は書いたのではない。なにしろ二だ。兄——長子として何かを継いではいない。いわば、ここに、末っ子の文学としての中上健次が立っている。末っ子は血（血縁）と階級と時代の外にいて、一瞬それらを代弁しているように見えるが、しかし、していない。あるいは著者は「しようとした」のかもしれないが、していない。これだ。康二と健次。中上健次を、ケンジ——健二と見る時にこそ焦点を結ぶ像がある。その像はこの一冊『十九歳の地図』にこそ明瞭にある。

（作家）

解説　「事件」から「小説」へ——一九六〇年代から七〇年代への軌跡

高澤秀次

初期中上文学の一頂点をなす『十九歳の地図』の初出は、一九七三年『文藝』六月号で、同年上半期の第六十九回芥川賞に初めてノミネートされた。この回の受賞作は三木卓『鶸《ひわ》』で、中上は三年後の一九七六年、『岬』により戦後生まれとして最初の受賞者となる。選考委員の中で『十九歳の地図』を最も評価した永井龍男は、「持って行き場のない十九歳の焦燥と、現実嫌悪の昂《たかぶ》りがよく表現されている」と評している。

主人公は、予備校生の住み込み新聞配達員。後の紀州熊野サーガ（物語群）以前の東京を舞台とした未成年の物語であるが、この主人公が、中上作品における最初の地図製作者であることは注目されてよい。

サーガの中心、和歌山県新宮市に同定される「路地」の地図は、土地所有者の「佐倉」や成り上がり者の「浜村龍造」にとって、この世界を支配するための必需品であり、またルポルタージュ『紀州　木の国・根の国物語』で中上は、自らの方法を「アメリカの作家ウィリアム・フォークナーが、ミシシッピ州ヨクナパトーファ、ジェファスンの地図をつくり、フォークナー所有と記す方法と似ている」とも語っている。

本作品での新聞配達員の主人公は、より稚拙《ちせつ》にではあるがノートに地図を書き、配達先の気に入らない家に×印を記し、配達台帖から電話番号をアドレス帖にひかえ、憂《う》さ晴《ば》らしと言うにはかなり執拗な、公衆電話からの声の脅迫のターゲットとするのだ。

中上健次には、小学生時代に鳩《はと》の餌代のために新聞配達をした以外に、東京での経験はなかったはずだが、作中にある「ぼくは予備校生だったが、予備校にほとんど行かなかった」とは、和歌山県立新宮高校卒業の一九六五年春に上京、高田馬場に下宿して早稲田予備校に籍を置きながら、新宿のジャズ喫茶に入り浸り、フーテン生活に埋没していた作家の実情を映している。

受験のための「日本史」について主人公が、「この教科書の記述とはほどとおいところでおれの先祖は生きてきただろうし、いま現在、おれはそれらの記述のおよばないところで生きている」と語っているのは、後の「路地」を中心的なトポスとする紀州熊野サーガの展開を考えると、意味深長な一節と言うべきだろう。

次に本作品で重要な脇役を演じる、「かさぶただらけの淫売のマリアさま」について若干の説明を加えておこう。筆者はかねてその着想のヒントが、当時、中上が創作上の刺激を受けた秋元松代の現代劇『かさぶた式部考』(一九六五年)にあったと述べてきたが、最近になって新たな情報が得られたので改めて述べておきたい。

一九六九年の文壇デビュー作『一番はじめの出来事』(『文藝』同年八月号)以前、中上にとっての文学修業の場であった文芸誌、『文藝首都』の同人仲間に小林美代子(一九一七~一九七三年)という三十近くも年長の自殺した女性作家がいた。

精神病院で五年間の闘病生活を送った彼女は、その体験から『髪の花』という渾身の作品を書き上げ、一九七一年に群像新人文学賞を受賞している。その死を惜しんだ中上健次は、「方位73 作家の背後にある「関係」」(『鳥のように獣のように』所収)で、「ぼくの『十九歳の地図』の、かさぶただらけのマリアさまは、小林美代子さんをモデルに借りた。それで、けんかして、音信が途断えた」と語っていたのである。

「紺野」という年輩の配達員が崇《あが》める、「かさぶただらけのでぶでぶふとったマリアさま」は、いわば社会の最底辺に沈むフリーター的三十男にとっての「母神」だった。

ところで、二〇一四年二月に刊行された小林美代子の遺稿集『蝕まれた虹』(シリーズ日本語の醍醐味⑥、烏有書林)の七北数人による「解説」には、中上健次と小林美代子との間の、先のモデル問題に端を発する感情の縺《もつ》れについての詳しい事情が語られている。追悼エッセイで『髪の花』を、「むごたらしいほど美しい小説」と評した中上は、作中では主人公に、この「かさぶたのマリアさま」を冒瀆《ぼうとく》するような言辞を吐かせていたのである。

「うじ虫のように生きてそれをうりものにしてるのならさっさと首でもくくって死んでしまったらどうだよ」「さっさと死ねばいいんだ。きたならしいよ、みぐるしいよ」「おぞましきもの」（abjection）にも容易に反転する聖女「マリア」をこう罵倒した主人公は、直《す》ぐに取り返しのつかないことを口走ったことを後悔するのであるが。解説者・七北氏はこの部分を引用しつつ、小林美代子がそれによって、傷つけられた、と感じてしまったのではないかと語っている。さらに、この作品を読んだ小林が小学校時代の恩師への手紙で、「文学のことで口惜しいことをされ」悲しかった思いを綴っていたと証言する。

ただ、感情の行き違いは別として、追悼エッセイに見る限り中上健次の小林美代子への愛おしさの感情、掛け値無しの作品評価は疑いの余地がなく不動だった。もとより、「かさぶたのマリア」が、『千年の愉楽』の「オリュウノオバ」という「路地」世界の「母神」に変成するには、なお多くの屈折と長い時間が必要だったが、小林美代子という作家がどこかで中上に〈母性〉の感覚を付与していたことは確からしい。

もう一つ、無謀かつ稚拙な『十九歳の地図』での脅迫行為が、六〇年代風にアナーキーな若者による犯罪の同時代的な匂いを醸し出していることにも触れておかねばなるまい。そこで真っ先に想起されるのは、一九六八年末に起きた日本信託銀行国分寺支店（府中市）の現金輸送車が、白バイ警官に変装した犯人に襲われ、現金三億円が強奪された事件である。言うまでもなく、『十九歳の地図』はそのような大それた犯罪を描いた作品ではない。ただし、新聞配達青年の脅迫は、まさに三億円事件を背後に置いてみることで際立つ類のものであることは否定できない。それには、見逃しがたい傍証さえあるのだ。

二〇〇六年公開の映画『初恋』（塙幸成監督）は、中原みすずの同名タイトルの小説を原作としている。これは先の三億円強奪事件の白バイ警官に変装した実行犯が、女子高校生であったという設定で、しかもそれは作者自身の告白小説に基づくものだった。主演女優の宮﨑あおいは、直接原作者に会い、彼女が事件の真犯人であることを確信した（迷宮入りした府中三億円事件については、複数のノンフィクション作家による複数の真犯人説があるが）と語っている。この女性が、実はフーテン時代の中上健次が通いつめた新宿の「ジャズ・ヴィレッヂ」の同じ常連客だったのだ。原作は中上かすみ夫人（作家・紀和鏡）にも、そして作家の年譜、評伝を手掛けた私のところにも送られてきた。

どうやら彼女は、この店の主《ぬし》のような存在だった通称リキという男（中上健次の兄貴分だった）に、この事件の計画を打ち明けられ実行犯に仕立てられたらしい。中上健次は一九六八年の三億円事件に関しては、直接何も語ってはいない。それだけに却《かえ》って（中原みすずの原作が全くの作り話でないとするなら、その真相を中上は知りうる立場にあったのだから）、『十九歳の地図』はどこかきな臭い同時代の作品として記憶されてよいのである。

新宿に点在したジャズ喫茶は、当時にあってカウンター・カルチャーの担い手たちの巣くう根城だった。中上のみならず、北野武も、あるいは中上に衝撃を与えた一九六九年の連続ピストル射殺事件（前年秋、東京・京都・函館・名古屋で四人を射殺）の犯人・永山則夫（中卒、集団就職からドロップアウト、一九九七年死刑執行）も同時期にそこでアルバイト生活を送っていた。

『文藝首都』に寄稿した初期エッセイ「犯罪者永山則夫からの報告」（『鳥のように獣のように』所収）で中上は、「なぜピストルではなく万年筆なのか？」という根底的な問いを発し、さらにその後の「時は流れる……」（同）では、「永山則夫が官憲の手によって逮捕された時、唯一者永山則夫と無数の永山則夫と考え、自分が、無数の永山則夫の一人であると思った」と書き記している。

改めて言うと、『十九歳の地図』の誕生は、受験地獄から逃走した紀州熊野出身の無名の若者が、三億円事件、永山事件を潜り抜けて虚構世界の構築へと赴いた六〇年代から七〇年代への軌跡を鮮やかに炙《あぶ》り出しているのである。

一九七九年の柳町光男監督（脚本）による映画『十九歳の地図』では、主人公を本間優二が演じていたが、「かさぶたのマリア」役の沖山秀子と、彼女を崇拝しつつ寄生する三十男役の蟹江敬三（後二者はいずれも故人）が見事な味を出していたことを付言しておこう。

最後にタイトルについてだが、これは若き中上健次が決定的な影響下にあった大江健三郎の『セヴンティーン』を多分に意識したものであっただろう。それ以前に作家は、『十八歳』という作品をものしてもいる。

なお、一九九二年に二十六歳の若さで突然死したカリスマ的スター尾崎豊のアルバム『十七歳の地図』（一九八三年リリース）は、中上健次の愛読者であった彼の本作へのオマージュとして知られている。

（文芸評論）

初出　「一番はじめの出来事」……「文藝」一九六九年八月号
「十九歳の地図」……「文藝」一九七三年六月号
「蝸牛」……「文藝」一九七四年三月号
「補陀落」……「季刊藝術」一九七四年四月号
単行本　一九七四年八月　河出書房新社刊

新装新版

十九歳《じゅうきゅうさい》の地図《ちず》

一九八一年 六 月 四 日 初版発行
二〇一五年 一 月二〇日 新装新版初版発行
二〇二五年 七 月三〇日 新装新版4刷発行

著 者 中上健次《なかがみけんじ》

発行者 小野寺優
発行所 株式会社河出書房新社
〒一六二-八五四四
東京都新宿区東五軒町二-一三
電話〇三-三四〇四-八六一一（編集）
〇三-三四〇四-一二〇一（営業）
http://www.kawade.co.jp/

ロゴ・表紙デザイン 粟津潔
本文フォーマット 佐々木暁
本文組版 KAWADE DTP WORKS
印刷・製本 中央精版印刷株式会社

Printed in Japan ISBN978-4-309-41340-2

奇蹟

中上健次　41337-2

金色の小鳥が群れ夏芙蓉の花咲き乱れる路地。高貴にして淫蕩の血に澱んだ仏の因果を背負う一統で、「闘いの性」に生まれついた極道タイチの短い生涯。人間の生と死、その罪と罰が語られた崇高な世界文学。

枯木灘

中上健次　41339-6

熊野を舞台に繰り広げられる業深き血のサーガ…日本文学に新たな碑を打ち立てた著者初長編にして圧倒的代表作。後日談「覇王の七日」を新規収録。毎日出版文化賞他受賞。解説／柄谷行人・市川真人。

千年の愉楽

中上健次　40350-2

熊野の山々のせまる紀州南端の地を舞台に、高貴で不吉な血の宿命を分かつ若者たち——色事師、荒くれ、夜盗、ヤクザら——の生と死を、神話的世界を通し過去・現在・未来に自在に映しだす新しい物語文学。

日輪の翼

中上健次　41175-0

路地を出ざるをえなくなった青年と老婆たちは、トレーラー車で流離の旅に出ることになる。熊野、伊勢、一宮、恐山、そして皇居へ、追われゆく聖地巡礼のロードノベル。

青春デンデケデケデケ

芦原すなお　40352-6

一九六五年の夏休み、ラジオから流れるベンチャーズのギターがぼくを変えた。“やーっぱりロックでなけらいかん”——誰もが通過する青春の輝かしい季節を描いた痛快小説。文藝賞・直木賞受賞。映画化原作。

やさしいため息

青山七恵　41078-4

四年ぶりに再会した弟が綴るのは、嘘と事実が入り交じった私の観察日記。ベストセラー『ひとり日和』で芥川賞を受賞した著者が描く、ＯＬのやさしい孤独。磯﨑憲一郎氏との特別対談収録。

ミューズ／コーリング

赤坂真理　41208-5

歯科医の手の匂いに魅かれ恋に落ちた女子高生を描く野間文芸新人賞受賞作「ミューズ」と、自傷に迫る「コーリング」——『東京プリズン』の著者の代表作二作をベスト・カップリング！

ヴォイセズ／ヴァニーユ／太陽の涙

赤坂真理　41214-6

航空管制官の女と盲目の男——究極の「身体（カラダ）の関係」を描く「ヴォイセズ」、原発事故前に書かれた予言的衝撃作「太陽の涙」、名篇「ヴァニーユ」。『東京プリズン』著者の代表作を一冊に。

肝心の子供／眼と太陽

磯﨑憲一郎　41066-1

人間ブッダから始まる三世代を描いた衝撃のデビュー作「肝心の子供」と、芥川賞候補作「眼と太陽」に加え、保坂和志氏との対談を収録。芥川賞作家・磯﨑憲一郎の誕生の瞬間がこの一冊に！

ドライブイン蒲生

伊藤たかみ　41067-8

客も来ないさびれたドライブインを経営する父。姉は父を嫌い、ヤンキーになる。だが父の死後、姉弟は自分たちの中にも蒲生家の血が流れていることに気づき……ハンパ者一家を描く、芥川賞作家の最高傑作！

ノーライフキング

いとうせいこう　40918-4

小学生の間でブームとなっているゲームソフト「ライフキング」。ある日、そのソフトを巡る不思議な噂が子供たちの情報網を流れ始めた。八八年に発表され、社会現象にもなったあの名作が、新装版で今甦る！

ブラザー・サン　シスター・ムーン

恩田陸　41150-7

本と映画と音楽……それさえあれば幸せだった奇蹟のような時間。「大学」という特別な空間を初めて著者が描いた、青春小説決定版！　単行本未収録・本編のスピンオフ「糾える縄のごとく」＆特別対談収録。

一人の哀しみは世界の終わりに匹敵する

鹿島田真希　41177-4

「天・地・チョコレート」「この世の果てでのキャンプ」「エデンの娼婦」——楽園を追われた子供たちが辿る魂の放浪とは？　津島佑子氏絶賛の奇蹟をめぐる５つの聖なる愚者の物語。

福袋

角田光代　41056-2

私たちはだれも、中身のわからない福袋を持たされて、この世に生まれてくるのかもしれない……人は日常生活のどんな瞬間に、思わず自分の心や人生のブラックボックスを開けてしまうのか？　八つの連作小説集。

ボディ・レンタル

佐藤亜有子　40576-6

女子大生マヤはリクエストに応じて身体をレンタルし、契約を結べば顧客まかせのモノになりきる。あらゆる妄想を呑み込む空っぽの容器になることを夢見る彼女の禁断のファイル。第三十三回文藝賞優秀作。

そこのみにて光輝く

佐藤泰志　41073-9

にがさと痛みの彼方に生の輝きをみつめつづけながら生き急いだ作家・佐藤泰志がのこした唯一の長篇小説にして代表作。青春の夢と残酷を結晶させた伝説的名作が二十年をへて甦る。

引き出しの中のラブレター

新堂冬樹　41089-0

ラジオパーソナリティの真生のもとへ届いた、一通の手紙。それは絶縁し、仲直りをする前に他界した父が彼女に宛てて書いた手紙だった。大ベストセラー『忘れ雪』の著者が贈る、最高の感動作！

野ブタ。をプロデュース

白岩玄　40927-6

舞台は教室。プロデューサーは俺。イジメられっ子は、人気者になれるのか?!　テレビドラマでも話題になった、あの学校青春小説を文庫化。六十八万部の大ベストセラーの第四十一回文藝賞受賞作。

空に唄う

白岩玄　41157-6

通夜の最中、新米の坊主の前に現れた、死んだはずの女子大生。自分の目にしか見えない彼女を放っておけない彼は、寺での同居を提案する。だがやがて、彼女に心惹かれて……若き僧侶の成長を描く感動作。

ダウンタウン

小路幸也　41134-7

大人になるってことを、僕はこの喫茶店で学んだんだ……七十年代後半、高校生の僕と年上の女性ばかりが集う小さな喫茶店「ぶろっく」で繰り広げられた、「未来」という言葉が素直に信じられた時代の物語。

ユルスナールの靴

須賀敦子　40552-0

デビュー後十年を待たずに惜しまれつつ逝った筆者の最後の著作。二十世紀フランスを代表する文学者ユルスナールの軌跡に、自らを重ねて、文学と人生の光と影を鮮やかに綴る長篇作品。

「悪」と戦う

高橋源一郎　41224-5

少年は、旅立った。サヨウナラ、「世界」——「悪」の手先・ミアちゃんに連れ去られた弟のキイちゃんを救うため、ランちゃんの戦いが、いま、始まる！　単行本未収録小説「魔法学園のリリコ」併録。

家族写真

辻原登　41070-8

一九九〇年に芥川賞受賞第一作として掲載された「家族写真」を始め、「初期辻原ワールド」が存分に堪能出来る華麗な作品七本が収録された、至極の作品集。十五年の時を超えて、初文庫化！

泣かない女はいない

長嶋有　40865-1

ごめんねといってはいけないと思った。「ごめんね」でも、いってしまった。——恋人・四郎と暮らす睦美に訪れた不意の心変わりとは？　恋をめぐる心のふしぎを描く話題作、待望の文庫化。「センスなし」併録。

夏休み

中村航　40801-9

吉田くんの家出がきっかけで訪れた二組のカップルの危機。僕らのひと夏の旅が辿り着いた場所は——キュートで爽やか、じんわり心にしみる物語。『100 回泣くこと』の著者による超人気作。

銃

中村文則　41166-8

昨日、私は拳銃を拾った。これ程美しいものを、他に知らない——いま最も注目されている作家・中村文則のデビュー作が装いも新たについに河出文庫で登場！　単行本未収録小説「火」も併録。

掏摸《スリ》

中村文則　41210-8

天才スリ師に課せられた、あまりに不条理な仕事……失敗すれば、お前を殺す。逃げれば、お前が親しくしている女と子供を殺す。綾野剛氏絶賛！大江賞を受賞し各国で翻訳されたベストセラーが文庫化。

走ル

羽田圭介　41047-0

授業をさぼってなんとなく自転車で北へ走りはじめ、福島、山形、秋田、青森へ……友人や学校、つきあい始めた彼女にも伝えそびれたまま旅は続く。二十一世紀日本版『オン・ザ・ロード』と激賞された話題作！

ハル、ハル、ハル

古川日出男　41030-2

「この物語は全ての物語の続篇だ」——暴走する世界、疾走する少年と少女。三人のハルよ、世界を乗っ取れ！　乱暴で純粋な人間たちの圧倒的な“いま”を描き、話題沸騰となった著者代表作。成海璃子推薦！

コスモスの影にはいつも誰かが隠れている

藤原新也　41153-8

普通の人々の営むささやかな日常にも心打たれる物語が潜んでいる。それらを丁寧にすくい上げて紡いだ美しく切ない 15 篇。妻殺し容疑で起訴された友人の話「尾瀬に死す」（ドラマ化）他。著者の最高傑作！

著訳者名の後の数字はISBNコードです。頭に「978-4-309」を付け、お近くの書店にてご注文下さい。